Le Signe

ROMANS ET RECUEILS AVEC SHERLOCK HOLMES

La Bande mouchetée
suivi de trois autres récits, Librio n° *5*
Le Rituel des Musgrave
suivi de trois autres récits, Librio n° *34*
La Cycliste solitaire
suivi de trois autres récits, Librio n° *51*
Une étude en rouge, Librio n° *69*
Les Six Napoléons
suivi de trois autres récits, Librio n° *84*
Le Chien des Baskerville, Librio n° *119*
Un scandale en Bohême
suivi de trois autres récits, Librio n° *138*
Le Diadème de Béryls
suivi de trois autres récits, Librio n° *202*
Le Problème final
suivi de trois autres récits, Librio n° *229*
Les Hommes dansants
suivi de trois autres récits, Librio n° *283*

Sir Arthur Conan Doyle

Une aventure de
Sherlock Holmes

Le Signe des Quatre

Traduit de l'anglais
par Lucien Maricourt

Librio

Texte intégral

Titre original : *The Sign of Four*

1

LA SCIENCE DE LA DÉDUCTION

Sherlock Holmes prit son flacon sur le coin de la tablette de la cheminée et sa seringue hypodermique dans son étui en maroquin bleu. De ses longs doigts nerveux il prépara la délicate aiguille, puis retroussa la manche de sa chemise. Pendant un court moment, ses yeux se posèrent avec attention sur son avant-bras vigoureux, tout tacheté d'innombrables marques de piqûres et de cicatrices. Enfin, il enfonça la pointe aiguë, appuya sur le piston et se renversa, avec un long soupir de satisfaction, dans son fauteuil garni de velours.

Trois fois par jour, depuis de nombreux mois, j'avais assisté à cette opération, mais mon esprit ne s'était jamais accommodé de cette habitude. De jour en jour, au contraire, ce spectacle m'avait irrité davantage et ma conscience me faisait de vifs reproches à la pensée que je ne trouvais pas le courage de protester. A maintes reprises, je m'étais juré de soulager mon esprit à cet égard, mais il y avait dans l'air calme et nonchalant de mon compagnon quelque chose qui faisait de lui le dernier homme avec lequel on oserait se permettre la moindre liberté. Ses grandes capacités intellectuelles, sa maîtrise et la connaissance que j'avais de ses dons nombreux et extraordinaires, tout cela faisait que je manquais de confiance en moi-même et n'osais le contrarier.

Pourtant cet après-midi-là, soit que ce fût l'effet du beaune que j'avais bu au déjeuner, soit du fait de l'exaspération nouvelle que me causait le calme extrême et délibéré de ses manières, je sentis tout à coup que je ne pourrais me contenir plus longtemps.

— Aujourd'hui, lui demandai-je, morphine ou cocaïne?

Lentement, il leva les yeux du vieux volume aux caractères gothiques qu'il avait ouvert.

— Cocaïne, dit-il, une solution à sept pour cent. Vous plairait-il de l'essayer?

— Non, vraiment, répondis-je brusquement. Ma constitution n'est pas encore remise de la campagne d'Afghanistan. Je ne peux me payer le luxe de la soumettre à un effort supplémentaire.

Il sourit de ma véhémence.

— Peut-être avez-vous raison, admit-il. Je suppose, Watson, que physiquement son influence est mauvaise. Je la trouve, cependant, si excellemment stimulante et clarifiante pour l'esprit que son action secondaire est chose de peu d'importance.

— Mais réfléchissez! continuai-je avec chaleur. Pesez-en le prix! Votre cerveau peut, comme vous le dites, être réveillé, excité; mais c'est un processus pathologique et morbide qui implique une modification accrue des tissus et qui peut, à la fin, déterminer une faiblesse permanente. Vous savez aussi quelle noire réaction survient ensuite. Sûrement le jeu en vaut à peine la chandelle. Pourquoi risqueriez-vous, pour tout juste un plaisir passager, la perte de ces grandes capacités dont vous êtes doué? Rappelez-vous que je parle non seulement comme un ami à son collègue, mais aussi comme un médecin à quelqu'un dont, jusqu'à un certain point, il est responsable de la santé.

Il ne parut point offensé. Au contraire, il réunit les extrémités de ses doigts et appuya ses coudes sur les bras du fauteuil, comme quelqu'un qui est en humeur de converser.

— Mon esprit, expliqua-t-il, se révolte d'être stagnant. Donnez-moi des problèmes, du travail, donnez-moi le cryptogramme le plus difficile ou l'analyse la plus compliquée, et je suis dans l'atmosphère qui me convient. Je peux alors me passer de stimulants artificiels; mais je déteste la terne routine de l'existence. J'ai faim d'exaltation mentale. C'est pourquoi j'ai choisi ma profession particulière, ou plutôt je l'ai créée, car je suis l'unique au monde.

— L'unique détective non officiel? dis-je, levant les sourcils.

— Le seul détective consultant non officiel, répondit-il. Je suis la dernière et la plus haute cour d'appel du monde des détectives. Quand Gregson, ou Lestrade, ou Athelney Jones ont perdu pied — et c'est, soit dit en passant, leur état normal — c'est devant moi que l'on amène l'affaire. J'examine les données en expert et j'énonce l'opinion d'un spécialiste. Je ne tire aucune vanité de ces cas-là. Mon nom ne figure dans aucun journal. L'analyse elle-même, le plaisir de trouver un champ d'action pour mes dons spécifiques, c'est là ma plus haute récompense. Mais vous avez eu vous-même une certaine expérience de mes méthodes de travail dans le cas Jefferson Hope.

— Oui, c'est vrai, dis-je. Rien ne m'a jamais autant frappé dans ma vie. J'en ai même fait une petite brochure, avec le titre un peu fantastique de *Une Etude en rouge*.

Il secoua la tête tristement.

— J'y ai jeté un coup d'œil, précisa-t-il. Honnêtement, je ne peux vous en féliciter. La *détection* est, ou devrait être, une science exacte, et on doit la traiter de la même manière froide et exempte de toute émotion. Vous avez essayé de la teinter de romanesque, ce qui produit le même effet que si vous tentiez d'introduire une histoire d'amour ou un enlèvement dans la cinquième proposition d'Euclide.

— Mais le romanesque y figurait, répliquai-je. Je ne pouvais altérer les faits.

— On devrait supprimer certains faits ou, du moins, il aurait fallu en les traitant observer un juste sens des proportions. Dans cette affaire le seul point qui méritait d'être relaté, c'est le curieux raisonnement analytique, déduit des effets pour remonter aux causes, par lequel j'ai réussi à tout débrouiller.

Cette critique d'un travail dans lequel j'avais particulièrement eu l'intention de lui plaire m'ennuyait. J'avoue aussi que j'étais irrité par cet égoïsme qui paraissait exiger que chaque ligne de ma brochure fût consacrée à son propre travail. Plus d'une fois, pendant les années où j'avais vécu avec lui dans Baker Street, j'avais cru déceler qu'une légère vanité se cachait sous les façons tranquilles et dogmatiques de mon compagnon. Toutefois je ne fis aucune remarque, mais restai assis à tenir ma jambe blessée. Une balle l'avait traversée quelque temps auparavant et, bien qu'elle ne m'empêchât point de marcher, elle me faisait sérieusement souffrir à chaque changement de temps.

— Depuis peu, ma clientèle s'est étendue au Continent, dit Holmes après avoir bourré sa vieille pipe de bruyère. J'ai été consulté la semaine dernière par François de Villars qui, comme vous le savez, occupe depuis quelque temps le premier rang parmi les détectives français. Il a toute la puissance celtique de l'intuition rapide, mais le vaste ensemble de connaissances essentielles aux suprêmes développements de son art lui fait défaut. L'affaire concernait un testament et offrait quelques caractéristiques intéressantes. J'ai pu le renvoyer à deux cas analogues, l'un à Riga en 1857 et l'autre à Saint-Louis en 1871, et ces deux cas lui ont suggéré la vraie solution. Voici la lettre que j'ai reçue ce matin, me remerciant de mon aide.

Tout en parlant, il me jeta une feuille, toute chiffonnée, de papier à lettres étranger. J'y jetai un coup d'œil et j'y vis une profusion de louanges, avec çà et là des « magnifiques coups de maître » et « tours de force », qui attestaient la profonde admiration du Français.

— Il parle comme un élève à son maître, fis-je remarquer.

— Oh ! il fait trop de cas de mon aide, dit Sherlock Holmes d'un ton dégagé. Il a lui-même des dons considérables. Il possède deux des trois qualités nécessaires au détective idéal. Il manque seulement de connaissances et cela pourra venir avec le temps. Il est en train pour le moment de traduire mes petits ouvrages en français.

— Vos ouvrages ?

— Oh ! vous ne le saviez pas ? s'écria-t-il en riant. J'ai commis plusieurs monographies. Toutes traitent de sujets techniques. En voici par exemple une sur « La façon de distinguer les cendres des diverses variétés de tabac ». J'y énumère cent quarante espèces de tabac pour la pipe, le cigare et la cigarette, avec des planches en couleurs indiquant la différence existant entre les cendres. C'est un point qui revient continuellement dans les affaires criminelles et qui est parfois, comme indice, d'une suprême importance. Si l'on peut dire de façon catégorique, par exemple, qu'un meurtre a été perpétré par un homme qui fumait un lunkah — un de ces cigares hindous qui sont coupés aux deux bouts —, il est évident que cela restreint le champ d'investigation. Pour un œil entraîné, il y a autant de différence entre la cendre noire d'un cigare de Tritchinopoly et le duvet blanc que laisse le « Bird's Eye » qu'il en existe entre un chou et une pomme de terre.

— Vous possédez un extraordinaire génie du détail.

— J'en apprécie l'importance. J'ai ici ma monographie des Empreintes de pas, avec des remarques concernant l'utilisation du plâtre de Paris pour la conservation de ces empreintes. Voici encore un curieux petit ouvrage qui traite de l'influence du métier sur la forme de la main, avec des gravures montrant des mains d'ardoisiers, de marins, de coupeurs de liège, de compositeurs, de tisserands et de tailleurs de diamants.

« C'est un sujet qui est d'un grand intérêt pratique pour le détective scientifique — spécialement lorsqu'il s'agit de cadavres non identifiés, ou pour découvrir les antécédents des criminels. Mais je vous ennuie, sans doute, avec ma marotte.

— Pas le moins du monde, protestai-je. Elle est pour moi du plus haut intérêt, et ce d'autant plus que j'ai eu l'occasion d'observer la façon dont vous l'appliquiez dans la pratique. Mais vous parliez d'observation et de déduction. Sûrement, jusqu'à un certain point, l'une implique l'autre.

— A peine, dit Sherlock Holmes, se renversant avec délices dans son fauteuil et exhalant de sa pipe d'épaisses volutes bleues. Par exemple, l'observation me montre que vous êtes allé ce matin à la poste de Wigmore Street, mais la déduction me révèle qu'une fois là, vous avez télégraphié.

— Exact ! dis-je. Exact sur les deux points ! Mais j'avoue que je ne vois pas comment vous y êtes arrivé. Ç'a été une impulsion soudaine de ma part, et je n'en ai absolument pas parlé à qui que ce soit.

— C'est la simplicité même, remarqua-t-il en riant doucement de ma surprise. C'est si absurdement simple que toute explication est superflue, et pourtant elle peut servir pour définir les limites de l'observation et de la déduction. L'observation m'apprend que vous avez une petite tache d'argile rougeâtre sur le cou-de-pied. Juste en face du bureau de poste de Wigmore Street on a arraché les pavés et on a, ce faisant, rejeté la terre de telle façon qu'il est difficile de ne pas marcher dessus en entrant au bureau de poste. La terre a cette teinte rougeâtre particulière qu'à ma connaissance, on ne trouve nulle part ailleurs. Voilà pour l'observation ; le reste est déduction.

— Comment avez-vous déduit le télégramme ?

— Eh bien ! Naturellement, je savais que vous n'aviez pas écrit une lettre puisque j'ai été assis en face de vous toute la matinée. Je vois aussi dans votre bureau ouvert un carnet de timbres et un paquet de cartes postales. Pourquoi, alors, pourriez-vous entrer à la poste, si ce n'est pour télégraphier ? Eliminez tous les autres facteurs, et il n'en reste qu'un qui doit être la vérité !

— Il en est certainement ainsi dans le cas présent, répondis-je après un instant de réflexion. La chose cependant, comme vous le dites, est des plus simples. Me regarderiez-vous comme un impertinent si je mettais vos théories à une épreuve plus sévère ?

— Tout au contraire : cela m'empêcherait de prendre une seconde dose de cocaïne. Je serais enchanté d'examiner n'importe quel problème que vous pourriez me soumettre.

— Je vous ai entendu dire qu'il est difficile à un homme de se servir tous les jours d'un objet quelconque sans y laisser une empreinte de son individualité, telle qu'un observateur exercé ne puisse la déceler. Or j'ai là une montre qui est depuis peu en ma possession. Voudriez-vous avoir l'amabilité de me donner votre opinion sur le caractère ou les habitudes de son dernier possesseur ?

Tout en lui passant la montre, j'éprouvais en secret un léger amusement car l'épreuve, à mon sens, était une chose impossible et je la regardais comme une leçon qui le mettrait en garde contre ce ton un peu dogmatique qu'il prenait trop souvent. Il balança la montre dans sa main, en considéra intensément le cadran, ouvrit le boîtier, examina le mouvement, d'abord à l'œil nu puis avec une puissante lentille convexe. Je pouvais à peine m'empêcher de sourire de sa mine déçue quand enfin il referma le boîtier et me rendit la montre.

— Il n'y a guère de données, remarqua-t-il. La montre a été nettoyée il y a peu de temps, ce qui me prive de la plupart de mes renseignements.

— Vous avez raison. On l'a nettoyée avant de me l'envoyer.

Au fond de moi-même, j'accusais mon compagnon de mettre en avant une bien piètre et bien faible excuse pour voiler son insuccès. Quelles données pouvait-il attendre d'une montre non nettoyée ?

— Bien que peu satisfaisant, mon examen n'a pas été tout à fait inutile, remarqua-t-il, me regardant avec des yeux rêveurs et éteints. Sauf correction, je pense que la montre a appartenu à votre frère aîné qui l'a héritée de votre père.

— Cela, vous le déduisez sans doute des initiales H. W. gravées dans le boîtier ?

— Tout juste. Le W suggère votre nom. La montre date d'environ cinquante ans et les initiales sont de la même époque ; elle fut donc faite pour quelqu'un appartenant à la dernière génération. Les bijoux, d'ordinaire, vont au fils aîné qui porte vraisemblablement le même prénom que son père. Votre père, si je me rappelle bien, est mort depuis longtemps. La montre a donc été entre les mains de votre frère.

— Exact jusqu'ici, dis-je. Y a-t-il autre chose ?

— C'était un homme sans ordre et sans soin. Il avait devant lui un bel avenir, mais il a gaspillé ses chances, il a vécu pendant quelque temps dans la pauvreté avec de courts intervalles de prospérité et finalement, il s'est mis à boire, puis il mourut. C'est là tout ce que je peux savoir.

Je bondis de ma chaise et, tout en boitillant, je parcourus, plein d'amertume, la pièce avec impatience.

— Cela, Holmes, c'est indigne de vous, me récriai-je. Je n'aurais pas cru que vous puissiez vous abaisser à cela. Vous avez pris des renseignements sur mon malheureux frère et, à présent, vous faites semblant de déduire d'une façon fantaisiste ce que vous avez appris. Vous n'imaginez tout de même pas que je vais croire que vous avez lu tout ça dans cette vieille montre ! Ce n'est pas gentil et, pour parler net, il y a là-dedans une pointe de charlatanisme.

— Mon cher docteur, dit-il avec bienveillance, je vous en prie, acceptez mes excuses. Considérant ce problème d'un point de vue abstrait, j'avais oublié à quel point il pouvait vous être pénible. Je vous assure, toutefois, que je n'ai jamais su que vous aviez un frère jusqu'au moment où vous m'avez remis la montre.

— Alors, au nom de tous les mystères du monde, comment avez-vous connu ces faits ? Chaque détail en est absolument exact.

— Ah ! ça, c'est la chance. Je ne pouvais affirmer que ce qui était probable. Je ne m'attendais pas à être si précis.

— Mais vous ne vous êtes pas borné à deviner ?

— Non, non ; je ne devine jamais. C'est une habitude détestable, elle détruit les règles de la logique. Ce qui vous paraît étrange n'est surprenant que parce que vous ne savez pas l'enchaînement de mes pensées ou que vous n'observez pas de petits faits d'où peuvent dépendre d'importantes conclusions. Par exemple, j'ai commencé par déclarer que votre frère n'était pas soigneux. Quand on regarde de près la partie inférieure du boîtier de la montre, on remarque qu'elle n'est pas seulement rayée en deux endroits, mais qu'elle est éraillée, marquée de partout, par le fait qu'il avait l'habitude d'avoir dans la même poche que la montre des objets durs, des pièces de monnaie, des clefs. Ce n'est pas un tour de force que de supposer qu'un homme qui traite si cavalièrement une montre d'une telle valeur n'est pas un homme soigneux. Et ce n'est pas non plus une conclusion tirée par les cheveux que de supposer qu'un homme qui hérite un si riche bijou a, par ailleurs, un bel avenir.

J'acquiesçai d'un signe de tête, montrant que je le suivais.

— C'est une habitude assez fréquente des prêteurs sur gages en Angleterre, quand ils acceptent une montre, que d'inscrire le numéro du reçu avec la pointe d'une épingle à l'intérieur du couvercle. C'est plus commode qu'une étiquette ; le numéro ne peut ainsi ni se perdre, ni être changé. Il y a au moins quatre numéros de ce genre. Conclusion : les fonds, chez votre frère, étaient souvent bien bas. Seconde conclusion : il avait parfois des retours de prospérité, sans quoi il n'aurait pu racheter son gage. Enfin, je vous prie de regarder dans la plaque intérieure l'orifice où s'introduit la clef du remontoir. Remarquez les innombrables égratignures, tout autour du trou, qui indiquent que la clef a glissé. Quelle clef aux mains d'un homme sobre aurait ainsi fait ces petits sillons ? Mais vous ne verrez jamais la montre d'un ivrogne sans ces marques. Il la remonte le soir et y laisse ces traces de sa main hésitante. Où est le mystère en tout cela ?

— C'est aussi clair que le jour, répondis-je. Je regrette d'avoir été injuste envers vous. J'aurais dû avoir plus de confiance en votre merveilleuse faculté. Puis-je vous demander si vous effectuez, à présent, une enquête professionnelle ?

— Pas du tout. D'où la cocaïne. Je ne puis vivre sans faire travailler mon cerveau. Y a-t-il quelque chose d'autre qui vaille la peine qu'on vive ? Mettez-vous à la fenêtre. Y eut-il jamais un monde aussi moderne, aussi lugubre, aussi stérile ? Voyez comme le brouillard jaune noie la rue dans ses remous et coule le long des maisons couleur de tan. Peut-il y avoir quelque chose de plus prosaïque, de plus matériel ? A quoi bon posséder des dons, docteur, quand on n'a aucun domaine où les exercer ? Le crime est banal, l'existence est banale et seules les qualités banales trouvent à s'exercer ici-bas.

J'allais répondre à cette tirade quand, après un coup sec à la porte, notre logeuse entra, portant une carte sur un plateau de cuivre.

— Une jeune dame pour vous, Monsieur, dit-elle à mon compagnon.

Il lut :

— Mademoiselle Mary Morstan. Hem ! Je ne me rappelle pas ce nom. Demandez à cette dame de monter, madame Hudson. Ne vous en allez pas, docteur. Je préfère que vous restiez.

2

L'EXPOSÉ DU CAS

Mademoiselle Morstan entra dans la pièce d'un pas ferme. Elle paraissait calme. C'était une jeune femme blonde, petite, délicate, bien gantée et d'un goût parfait dans sa mise. Il y avait pourtant, dans son costume, une absence de recherche, une simplicité qui suggéraient des moyens limités. Ce costume était d'un beige grisâtre et sombre, sans ornement, sans garniture; elle portait un petit turban de la même teinte neutre, relevé seulement par un soupçon de plume blanche sur le côté. Son visage n'avait ni des traits réguliers, ni un teint éclatant, mais l'expression en était douce et aimable, et ses grands yeux bleus étaient singulièrement spirituels et sympathiques. Au cours de ma longue expérience des femmes, expérience qui s'étend à de nombreuses nations et à trois continents, je n'ai jamais vu un visage qui révélât plus clairement une nature raffinée et sensible. Je ne pus cependant m'empêcher de remarquer que ses lèvres frémissaient, que sa main tremblait, qu'elle laissait paraître une intense émotion intérieure, quand elle prit le siège que Sherlock Holmes plaçait devant elle.

— Je suis venue vers vous, monsieur Holmes, parce que vous avez autrefois permis à madame Cecil Forrester, ma patronne, de débrouiller une petite affaire domestique compliquée. Elle a été fort impressionnée par votre bonté et par votre habileté.

— Madame Cecil Forrester, répéta-t-il, pensif. Je crois que je lui ai rendu un léger service. Le cas, cependant, autant que je m'en souvienne, était très simple.

— Ce n'était pas son avis mais, du moins, vous n'en pourrez dire autant du mien. Je peux difficilement imaginer quelque chose de plus étrange, de plus complètement inexplicable que la situation où je me trouve.

Holmes se frotta les mains, ses yeux brillèrent. Il se pencha en avant dans son fauteuil avec une expression d'extraordinaire concentration sur ses traits anguleux d'oiseau de proie.

— Exposez-moi votre cas, dit-il du ton alerte d'un homme d'affaires.

Je sentais que ma position était assez embarrassante, et je dis en me levant :

— Vous m'excuserez, j'en suis sûr.

La jeune dame, à ma grande surprise, leva sa main gantée pour me retenir.

— Si votre ami voulait être assez bon pour rester, il pourrait me rendre un service inappréciable.

Je retombai dans mon fauteuil.

— En bref, reprit-elle, voici les faits. Mon père était officier dans un régiment des Indes. Il m'envoya en Angleterre quand j'étais encore petite. Ma mère était morte et je n'avais aucun parent dans ce pays. On me mit, toutefois, dans une pension très confortable à Edimbourg et j'y restai jusqu'à l'âge de dix-sept ans. En 1878, mon père, alors major de son régiment, obtint un congé d'un an et revint en Angleterre. De Londres il me télégraphia qu'il était bien arrivé et m'invita à venir tout de suite, me donnant comme adresse l'Hôtel Langham. Son message, je me le rappelle, était tout de bonté et d'amour. En arrivant à Londres, je me fis conduire au Langham, où l'on m'informa que le capitaine Morstan était bien là, mais qu'il était parti la veille et n'était pas rentré. Toute la journée j'attendis de ses nouvelles. Le soir, suivant l'avis du gérant de l'hôtel, je me mis en rapport avec la police et le lendemain matin nous mîmes une annonce dans tous les journaux. Nos enquêtes n'amenèrent aucun résultat et, depuis ce jour-là, pas un mot ne m'est parvenu concernant mon malheureux père. Il est revenu en Angleterre le cœur plein d'espérance, pour y trouver la paix, le bien-être, et au lieu de cela…

Elle porta la main à sa gorge et un sanglot qui l'étouffait coupa sa phrase.

— La date ?… demanda Holmes, ouvrant son carnet.

— Il disparut le 3 décembre 1878, il y a presque dix ans.

— Ses bagages ?

— Restés à l'hôtel. Il n'y avait là rien qui pût suggérer une piste. Des vêtements, des livres, et un très grand nombre de choses curieuses, rapportées des îles Andaman où il avait été officier chargé de la garde des bagnards.

— Avait-il des amis à Londres ?

— Un seul, que je sache : le commandant Sholto, de son régiment, le 34e régiment d'infanterie de Bombay. Le commandant s'était retiré, peu de temps auparavant à Upper Norwood. Nous nous sommes mis en rapport avec lui, naturellement, mais il ne savait même pas que son collègue était en Angleterre.

— Singulière affaire, remarqua Holmes.

— Je ne vous ai pas dit encore la partie la plus singulière. Il y a six ans environ, le 4 mai 1882 exactement, une annonce parut dans le *Times*, demandant l'adresse de mademoiselle Mary Morstan, et déclarant qu'elle aurait intérêt à se faire connaître. Je venais, à ce moment-là, d'entrer comme gouvernante chez madame Cecil Forrester. Suivant son conseil, je publiai mon adresse dans la colonne des annonces. Le même jour m'arriva par la poste une petite boîte en carton qui contenait une perle très grosse et très brillante. Pas un mot n'y était joint. Depuis lors, chaque année à la même date, une boîte identique a toujours fait son apparition, contenant une perle semblable et toujours sans mention de l'expéditeur. Un expert m'a déclaré qu'elles sont d'une variété rare et qu'elles ont une très grande valeur. Vous pouvez constater vous-mêmes qu'elles sont très belles.

Tout en parlant, elle ouvrit une boîte et nous montra six des plus belles perles que j'aie jamais vues.

— Ce que vous nous contez est très intéressant, dit Holmes. Vous est-il arrivé autre chose ?

— Oui, et pas plus tard qu'aujourd'hui. C'est pour cela que je suis venue à vous. Ce matin, j'ai reçu la lettre que voici, et que sans doute vous voudrez lire.

— Merci. L'enveloppe aussi, s'il vous plaît. Timbre de la poste : Londres S. W. Date : 7 juillet. Hum ! L'empreinte du pouce d'un homme dans un coin ; le facteur sans doute. Du papier de première qualité, des enveloppes à six pence le paquet. C'est un homme qui soigne sa correspondance. Pas d'adresse. « *Soyez ce soir à sept heures près du troisième pilier extérieur à gauche du Lyceum Theatre. Si vous n'avez pas confiance, amenez deux amis. Vous êtes une femme à qui l'on a fait tort, mais justice vous sera rendue. N'amenez pas de policiers. Si vous le faites, tout sera inutile. — Votre ami inconnu.*» C'est là, en vérité, un très joli petit mystère! Qu'avez-vous l'intention de faire, mademoiselle Morstan?

— C'est là précisément ce que je viens vous demander.

— S'il en est ainsi, nous irons très certainement, vous et moi et... Oui, le docteur Watson est bien l'homme qu'il faut. Votre correspondant dit deux amis. Watson et moi, nous avons déjà travaillé ensemble.

— Mais consentira-t-il? demanda-t-elle, et il y avait dans la voix et dans l'intonation comme une prière.

— J'en serai fier, dis-je avec empressement, et heureux si je peux être utile.

— Vous êtes très bons, tous les deux, répondit-elle. J'ai mené une vie retirée et je n'ai pas d'amis à qui je pourrais m'adresser. Si je suis ici à six heures, je suppose que cela ira?

— Pas plus tard, dit Holmes. Il y a autre chose pourtant. Cette écriture est-elle la même que celle qui figurait sur les boîtes aux perles?

— Voici les adresses, répondit-elle en montrant une demi-douzaine de morceaux de papier.

— Vous êtes certainement une cliente modèle. Vous avez une intuition juste. Voyons donc.

Sherlock Holmes étendit les papiers sur la table, jetant de l'un à l'autre un coup d'œil aigu et rapide:

— L'écriture est déguisée, sauf pour la lettre, mais il ne peut y avoir de doute quant à l'auteur. Voyez comment ce E grec revient toujours malgré tout. Comme aussi cette courbe de l'S final. C'est incontestablement la même personne; je ne voudrais pas, mademoiselle Morstan, vous donner de fausses espérances, mais y a-t-il quelque ressemblance entre cette écriture et celle de votre père?

— Aucune n'en saurait être plus dissemblable.

— Je m'y attendais. Nous compterons donc sur vous vers six heures. Permettez-moi de garder ces papiers. Il se peut que je m'occupe de cette affaire d'ici là. Il n'est que trois heures et demie. Au revoir, donc.

— Au revoir, dit notre visiteuse et, dirigeant sur nous un

regard clair et amical, elle rangea la boîte de perles et s'en alla rapidement.

Debout à la fenêtre, je la regardai descendre la rue d'un pas alerte, jusqu'au moment où le turban gris et la plume blanche ne furent plus qu'une tache dans la foule sombre.

— Quelle femme séduisante ! m'écriai-je en me retournant vers mon compagnon.

Il avait rallumé sa pipe, s'était renversé dans son fauteuil, les yeux mi-clos.

— Vraiment, dit-il d'un air indifférent. Est-elle séduisante ? Je ne l'ai pas remarqué.

— En réalité vous êtes un automate, une machine à calculer ! Il y a parfois quelque chose de positivement inhumain en vous !

Il sourit doucement et répliqua :

— Il est de la plus grande importance de ne pas laisser les qualités des personnes fausser notre jugement. Pour moi, un client n'est qu'une unité, un facteur dans un problème. Les qualités émotives sont ennemies de tout raisonnement clair. Je vous assure que la femme la plus séduisante que j'aie jamais connue a été pendue pour avoir empoisonné trois petits enfants afin de toucher leur assurance, et l'homme le plus repoussant que je connaisse est un philanthrope qui a dépensé presque un quart de million de livres pour les pauvres de Londres.

— Dans ce cas, cependant...

— Je ne fais jamais d'exceptions. L'exception infirme la règle. Avez-vous jamais eu l'occasion d'étudier un caractère par l'écriture ? Que diriez-vous du griffonnage de cet individu ?

— Il est lisible et régulier, répondis-je. C'est un homme habitué aux affaires, et qui a de la force de caractère.

Holmes secoua la tête :

— Regardez les grandes lettres, elles montent à peine au-dessus des autres. Ce D pourrait être un A et cet L un E. Quelque illisible que soit l'écriture des hommes de caractère, leurs grandes lettres sont toujours différentes des autres. Il y a ici de l'hésitation dans les K et de la vanité dans toutes les majuscules... Je sors maintenant. Je dois me documenter. Permettez-moi de vous recommander ce livre, un des plus remarquables que l'on ait jamais écrit. C'est *Le*

Martyre de l'Homme, de Winwood Reade. Je reviendrai dans une heure.

Je m'assis à la fenêtre avec le volume à la main, mais mes pensées étaient bien loin des spéculations audacieuses de l'écrivain. Mon esprit s'attardait à notre visiteuse, à ses sourires, aux intonations profondes et riches de sa voix, à l'étrange mystère qui planait sur sa vie. Si elle avait dix-sept ans au moment de la disparition de son père, elle devait en avoir vingt-sept maintenant ; âge charmant : la jeunesse a perdu sa suffisance et l'expérience l'a quelque peu assagie. Ainsi je demeurais assis à rêver, jusqu'à ce que des pensées dangereuses me vinssent en tête, si dangereuses que je me précipitai vers mon bureau et me plongeai avec rage dans le plus récent traité de pathologie. Qu'étais-je, moi, chirurgien de l'armée, avec une jambe faible et un compte en banque plus faible encore, pour oser envisager de pareilles choses ? Elle, c'était « une unité, un facteur dans un problème », rien d'autre. Si mon avenir était sombre, mieux valait courageusement l'affronter, comme un homme, que de tenter de l'illuminer avec les simples feux follets de l'imagination.

3

EN QUÊTE D'UNE SOLUTION

Il était cinq heures et demie quand Sherlock Holmes rentra. Il était plein d'entrain et d'excellente humeur, état d'esprit qui, chez lui, alternait avec la plus grande dépression.

— Il n'y a pas grand mystère dans cette affaire, dit-il, prenant la tasse de thé que je lui avais versée. Les faits semblent n'admettre qu'une explication.

— Quoi ! Vous avez déjà la solution ?

— Ce serait trop s'avancer. J'ai découvert un fait suggestif, c'est tout. Ce fait est cependant très, très suggestif. Il faudra y ajouter les détails. Je viens de trouver, en consultant la collection du *Times* que le commandant Sholto, du 33e Régiment d'infanterie de Bombay, est mort le 28 avril 1882.

— Je suis peut-être très bouché, Holmes, mais je ne vois pas ce que cela peut suggérer.

— Non ? Vous m'étonnez. Considérez donc le fait ainsi : le capitaine Morstan disparaît. La seule personne à qui il ait pu rendre visite à Londres, c'est le commandant Sholto. Or, celui-ci affirme ignorer la présence du capitaine en Angleterre. Quatre ans plus tard, Sholto meurt. *Moins d'une semaine après sa mort*, la fille du capitaine Morstan reçoit un présent de grande valeur, présent répété d'année en année. Aujourd'hui, cela se termine par une lettre qui la représente comme une femme à qui l'on a fait du tort. Quel tort a-t-on pu lui faire, si ce n'est de la priver de l'héritage de son père ? Et pourquoi ces présents commenceraient-ils tout de suite après la mort de Sholto, si ce n'est que l'héritier de celui-ci sait quelque chose du mystère et désire réparer ce préjudice ? Avez-vous une autre théorie qui s'adapterait à ces faits ?

— Mais quelle étrange réparation ! Et comme on la fait

bizarrement ! Pourquoi encore lui écrirait-on une lettre aujourd'hui plutôt qu'il y a six ans ? En outre, il est question de réparer une injustice. Comment ? On ne peut supposer que son père soit encore vivant. Or, il n'y a pas, que l'on sache, d'autre injustice qui touche cette jeune femme.

— Il y a des difficultés, mais notre expédition de ce soir les résoudra. Ah ! Voici un fiacre et mademoiselle Morstan est à l'intérieur. Etes-vous tout à fait prêt ? Alors nous ferions mieux de descendre, car il est un peu plus de six heures.

Je pris mon chapeau et ma plus lourde canne. Je remarquai qu'Holmes allait chercher son revolver dans son tiroir et qu'il le glissait dans sa poche. Il était clair qu'il pensait que notre travail de ce soir pourrait être sérieux.

Mademoiselle Morstan était enveloppée dans un manteau sombre et son visage était calme, mais pâle. Il eût fallu être plus qu'une femme pour ne pas éprouver un certain malaise devant l'étrange expédition que nous entreprenions. Sa maîtrise d'elle-même, pourtant, était parfaite. Elle répondit sans aucun embarras aux questions nouvelles que lui posa Holmes.

— Le commandant Sholto était un très bon ami de papa, dit-elle. Ses lettres étaient remplies d'allusions au commandant. Mon père et lui exercèrent le commandement des troupes aux îles Andaman, de sorte qu'ils se voyaient beaucoup. A propos, on a trouvé dans le bureau de papa un papier très curieux que personne n'a pu comprendre. Je ne pense pas qu'il ait la moindre importance mais j'ai cru que vous aimeriez peut-être le voir et je l'ai apporté. Le voici.

Soigneusement, Holmes déplia le papier et le mit à plat sur son genou. Méthodiquement, il l'examina à la loupe.

— C'est du papier de fabrication hindoue, remarqua-t-il. Il a été, à un certain moment, épinglé sur une planche. Le diagramme qu'il porte semble être le plan d'une partie d'un grand bâtiment pourvu de nombreux vestibules, corridors et couloirs. En un certain point se trouve une petite croix à l'encre rouge et au-dessus, une inscription au crayon : « 3.37 *en partant de la gauche* ». Dans le coin gauche, un curieux hiéroglyphe ressemblant à quatre croix alignées dont les bras se touchent. Et à côté, d'une écriture grossière, en caractères mal formés, je lis « *Le Signe des Quatre — Jonathan Small, Abdullah Khan, Mahomet Singh, Dost Akbar* ».

J'avoue que je ne vois pas comment ce document se rapporte à notre affaire. Pourtant, c'est évidemment un élément important. On l'a gardé avec soin dans un portefeuille, car les deux côtés en sont propres.

— Je l'ai en effet trouvé dans son portefeuille.

— Conservez-le donc soigneusement, mademoiselle Morstan, car il se peut qu'il nous soit utile. Je commence à soupçonner que cette affaire pourrait bien être plus grave, plus embrouillée que je ne l'ai supposé d'abord. Il me faut reconsidérer mes idées.

Il accota sa tête sur son siège et je pus voir à son front plissé, à son regard vague, qu'il méditait intensément. Mademoiselle Morstan et moi nous nous entretenions à mi-voix de notre présente expédition et des résultats possibles, mais notre compagnon se cantonna dans un silence impénétrable jusqu'à la fin du voyage.

C'était un soir de septembre, gris et morne ; la journée avait été lugubre et un brouillard épais pesait sur la grande ville. Des nuages couleur de boue se traînaient tristement au-dessus des rues bourbeuses. Le long du Strand, les lampadaires n'étaient que les taches brumeuses d'une lumière diffuse qui jetait une faible lueur sur le pavé gluant. L'éclat jaune des vitrines glissait dans l'air vaporeux et moite, et jetait un rayonnement sombre à travers les rues encombrées par la foule. Il y avait à mon sens quelque chose de fantastique et de fantomatique dans cette procession de visages surgissant un instant pour disparaître ensuite ; visages tristes ou heureux, hagards ou satisfaits. Symbolisant l'humanité entière, ils passaient des ténèbres à la lumière et disparaissaient de nouveau dans l'obscurité. Je ne suis pas facile à impressionner, mais ce soir terne et lourd, associé à l'étrange affaire où nous nous engagions me rendaient nerveux et déprimé. Au comportement de mademoiselle Morstan, je pouvais voir qu'elle éprouvait le même malaise. Holmes seul s'élevait au-dessus de ces influences. Il gardait son carnet ouvert sur son genou et, de temps en temps, y inscrivait quelques chiffres ou quelques notes à la lumière de sa lampe de poche.

Au Lyceum Theatre, la foule était déjà dense aux entrées latérales. Devant la façade, un flot continu de fiacres et de landaus roulait, déversant leurs cargaisons d'hommes aux blancs plastrons et de femmes enveloppées de châles et parées de diamants. A peine avions-nous atteint le troisième pilier, endroit de notre rendez-vous, qu'un petit homme brun, alerte, en tenue de cocher, vint à nous.

— Etes-vous les personnes qui accompagnent mademoiselle Morstan ? demanda-t-il.

— Je suis mademoiselle Morstan, et ces messieurs sont mes amis.

Il dirigea vers nous des yeux étonnamment pénétrants et interrogateurs.

— Vous m'excuserez, mademoiselle, dit-il d'un air maussade, mais je dois vous demander de me donner votre parole d'honneur que ni l'un ni l'autre de vos compagnons n'appartient à la police.

— Je vous en donne ma parole, dit-elle.

Il siffla d'une façon perçante, et un commissionnaire fit approcher rapidement une voiture dont il ouvrit la porte. L'homme qui nous avait parlé monta sur le siège, tandis que nous prenions place à l'intérieur. A peine y étions-nous assis que le cocher fouettait son cheval et que nous plongions, à une furieuse allure, à travers les rues embrumées.

La situation était curieuse. Nous nous rendions à un endroit inconnu pour une mission inconnue. Pourtant ou bien notre invitation était une mystification complète — hypothèse inconcevable — ou bien nous avions de bonnes raisons de croire que notre voyage pouvait avoir d'importants résultats. La conduite de mademoiselle Morstan était aussi résolue, aussi calme que jamais. Je m'efforçais de l'encourager, de l'amuser avec des souvenirs de mes aventures en Afghanistan mais, à dire vrai, j'étais moi-même si excité par notre situation et si curieux quant à notre destination que mes histoires étaient fort embrouillées.

Aujourd'hui encore elle déclare que je lui ai conté une anecdote émouvante, selon laquelle un mousquet avait surgi tout à coup dans ma tente en pleine nuit, et comment j'avais déchargé mon fusil à deux coups en cette direction. Au début, j'avais une vague idée de l'itinéraire que nous prenions, mais bientôt, le brouillard, la vitesse, et ma connaissance peu étendue de Londres me firent perdre le fil. Je ne sus plus rien, sinon que nous faisions un long trajet. Sherlock Holmes n'était jamais en défaut, pourtant ; il murmurait les noms, à mesure que la voiture, traversant des places, entrait avec bruit dans des rues tortueuses ou en sortait.

— Rochester Row, disait-il ; maintenant, le square St. Vincent. Ah ! Nous voici près de la route du pont de Vauxhall. Nous nous dirigeons vers le comté de Surrey, sans doute. Oui, je le pensais bien. Nous sommes sur le pont. Vous pouvez voir le reflet des lumières sur le fleuve.

Nous voyions, en vérité, une partie de la Tamise, et les lampes qui brillaient sur les larges eaux silencieuses, mais notre voiture filait toujours et bientôt s'engloutit dans un labyrinthe de rues, de l'autre côté de la rivière.

— Wandsworth Road, dit mon compagnon. Priory Road, Larkhall Lane, Stockwell Place, Robert Street, Coldharbour Lane. Notre enquête ne paraît pas nous mener vers des régions distinguées.

Nous avions effectivement atteint un quartier douteux et suspect. De longues files de maisons en briques ternes n'étaient coupées que par les lumières brutales et l'éclat agressif des cafés, aux coins des rues. Puis venaient des rangées de villas à deux étages, avec un jardin en miniature devant, puis encore d'interminables alignements de bâtiments neufs, aux briques éclatantes, tentacules monstrueux que la ville géante aurait lancés dans la campagne. Enfin, la voiture s'arrêta à la troisième maison d'une rue nouvellement percée. Aucune des autres maisons n'était habitée et celle où nous nous étions arrêtés était aussi noire que ses voisines, à part une faible lueur à la fenêtre de la cuisine. Pourtant, quand nous frappâmes, la porte fut ouverte immédiatement par un domestique hindou coiffé d'un long turban jaune, habillé d'amples vêtements et portant une large ceinture. Il y avait quelque chose d'incongru en cette silhouette orientale qu'encadrait la porte commune d'une maison suburbaine de troisième ordre.

— Le Sahib vous attend, dit-il.

Au même moment, une voix pointue et criarde s'éleva de l'intérieur.

— Fais-les entrer, criait-elle. Amène-les-moi tout de suite.

4

L'HISTOIRE DE L'HOMME CHAUVE

Nous suivîmes l'hindou le long d'un corridor sordide, mal éclairé et encore plus mal meublé, jusqu'à une porte à droite, qu'il ouvrit brusquement. Un flot éblouissant de lumière jaune glissa sur nous. Au milieu de cette clarté se tenait un petit homme au crâne immense, nu, étincelant au centre. Une couronne de cheveux roux hérissée autour de la tête évoquait un pic de montagne surgissant d'entre une forêt de sapins. Il était debout, se tordant les mains, et ses traits étaient continuellement en mouvement, tantôt souriants, tantôt assombris, mais jamais en repos. La nature lui avait donné une lèvre pendante et une rangée de dents jaunes et irrégulières, qu'il tentait faiblement de cacher en passant sans cesse la main sur le bas de son visage. En dépit de son importune calvitie, il donnait l'impression de la jeunesse. En fait, il venait d'avoir trente ans.

— Votre serviteur, mademoiselle Morstan. Votre serviteur, messieurs, répéta-t-il. Je vous en prie, entrez dans mon petit cabinet. Bien petite pièce, mademoiselle, mais meublée suivant mon goût, une oasis d'art dans le désert criant du sud de Londres.

Nous fûmes tous les trois étonnés de l'aspect de l'appartement, où il nous priait d'entrer. Dans cette lugubre maison, il semblait aussi déplacé qu'un diamant de la plus belle eau dans une monture de laiton. Les tapisseries les plus riches, les rideaux les plus luxueux ornaient les murs et de-ci, de-là laissaient voir quelque tableau dans un cadre très riche, ou un vase oriental. Le tapis, ambre et noir, était si doux et si épais que le pied s'y enfonçait comme dans un lit de mousse. Deux grandes peaux de tigre jetées au travers augmentaient cette impression de luxe oriental, comme le faisait aussi un énorme narguilé posé dans un coin, sur un petit tapis. Une lampe, de la forme d'une colombe en argent, pendait du plafond par un fil d'or presque invisible. En brûlant, elle remplissait l'air d'une odeur subtile et aromatique.

— Monsieur Thaddée Sholto, dit le petit homme toujours agité et souriant. C'est mon nom. Vous êtes mademoiselle Morstan, bien sûr. Et ces messieurs...

— Voici monsieur Sherlock Holmes, et voici le docteur Watson.

— Un médecin ! s'écria-t-il, très excité. Avez-vous votre stéthoscope ? Pourrais-je vous demander... Auriez-vous la bonté ?... J'ai de gros soucis au sujet de ma valvule mitrale. Si vous vouliez être assez bon... L'aorte ne m'inquiète pas, mais j'aimerais avoir votre opinion sur la valvule mitrale.

J'écoutai son cœur, comme il m'en priait, mais je ne pus rien trouver d'anormal, si ce n'est que l'homme, en vérité, avait affreusement peur, car il tremblait des pieds à la tête.

— Tout me paraît normal, dis-je. Aucun sujet d'inquiétude.

— Vous pardonnerez mon anxiété, mademoiselle Morstan. J'ai toujours souffert et bien longtemps j'ai eu des soupçons au sujet de cette valvule. Je suis enchanté d'apprendre que rien ne les justifie. Si votre père, mademoiselle Morstan, s'était abstenu d'imposer des efforts trop grands à son cœur, il vivrait peut-être encore.

J'aurais volontiers giflé cet homme, tant j'étais irrité de cette allusion malséante et inopportune à un sujet aussi délicat. Mademoiselle Morstan prit un siège ; une pâleur extrême l'envahit ; ses lèvres devinrent blanches.

— Mon cœur me disait bien qu'il était mort, dit-elle.

— Je puis vous donner des renseignements et, qui plus est, je peux vous faire rendre justice ; je le peux et je le veux, quoi que mon frère Barthélemy puisse dire. Je suis content que vous ayez des amis ici, non seulement pour vous accompagner, mais aussi pour témoigner de ce que je suis sur le point de faire et de dire. Tous les trois nous pourrons affronter hardiment mon frère Barthélemy. Mais pas d'intrus, pas d'agents de la police, officiels ou officieux. Nous pouvons, entre nous, régler tout de façon satisfaisante, sans que personne s'en mêle. Rien n'ennuierait mon frère Barthélemy davantage que la publicité !

Il s'assit sur un siège bas, ses yeux bleus interrogateurs clignotant vers nous.

— Quant à moi, intervint Holmes, quoi qu'il vous plaise de dire, cela n'ira pas plus loin.

J'acquiesçai d'un signe de tête.

— C'est bien, c'est bien! dit-il. Puis-je vous offrir un verre de chianti, mademoiselle, ou du tokay? Ce sont les deux seuls vins que j'ai. Déboucherai-je une bouteille? Non? Bien, je suppose que vous ne ferez pas d'objection à la fumée de tabac, à l'odeur balsamique du tabac oriental? Je suis un peu nerveux, et je trouve que mon narguilé est un calmant inappréciable.

Il alluma, et bientôt la fumée s'éleva gaiement à travers l'eau de rose. Nous étions tous assis en demi-cercle, nos têtes penchées en avant, nos mentons reposant sur nos mains, tandis que le petit homme étrange, agité, à l'immense crâne luisant, fumait au centre, mal à l'aise.

— Quand je pris la résolution de m'adresser à vous, dit-il, j'aurais pu vous donner mon adresse, mais je craignais que vous ne tinssiez pas compte de ma requête et que vous n'ameniez avec vous des gens désagréables. J'ai donc pris la liberté de vous fixer un rendez-vous tel que mon valet, Williams, pût vous voir d'abord. J'ai une confiance absolue dans son jugement et il avait l'ordre, s'il n'était pas satisfait, d'arrêter là les choses. Vous excuserez ces précautions, mais je suis un homme plutôt solitaire, aux goûts raffinés, si je puis le dire, et il n'y a rien d'aussi inesthétique qu'un agent de police. Toute forme de matérialisme me fait me recroqueviller. J'entre rarement en contact avec la foule grossière. Je vis, vous le voyez, dans une atmosphère d'élégance. Je peux me décrire comme un amateur d'art. C'est ma faiblesse. Ce paysage est un Corot authentique. Un connaisseur mettrait peut-être en doute ce Salvator Rosa, mais ce Bouguereau ne le ferait pas hésiter un instant. J'ai un faible pour l'Ecole moderne française...

— Vous m'excuserez, monsieur Sholto, dit mademoiselle Morstan, mais je suis ici, suivant votre requête, pour apprendre quelque chose que vous désirez me dire. Il est très tard, et je souhaiterais que cette entrevue fût aussi courte que possible.

— A mettre les choses au mieux, elle doit prendre un certain temps, car nous devrons certainement aller à Norwood voir mon frère Barthélemy. Nous irons tous et nous tenterons d'avoir raison de lui. Il est fort en colère parce que j'ai pris la résolution qui m'a paru juste. Nous avons, hier soir, échangé des propos assez vifs. Vous ne sauriez imaginer combien il est terrible quand il est en colère.

— Si nous devons aller à Norwood, me risquai-je à remarquer, il vaudrait peut-être mieux partir tout de suite.

Il rit jusqu'à ce que ses oreilles en fussent toutes rouges.

— Cela ferait difficilement l'affaire ! s'écria-t-il. Je ne sais pas ce qu'il dirait si je vous amenais aussi soudainement. Non, je dois vous préparer en vous montrant où nous en sommes, les uns par rapport aux autres. Tout d'abord, il faut que je vous dise qu'il y a dans cette histoire plusieurs points que j'ignore moi-même. Je ne peux que vous exposer les faits dont je suis moi-même au courant. Mon père était, comme vous l'avez deviné, le commandant John Sholto, qui appartenait à l'armée des Indes. Il quitta le service il y a quelque onze ans et vint demeurer à Pondichery Lodge, dans Upper Norwood. Il avait bien réussi là-bas, et il rapporta une somme d'argent considérable, une collection importante de curiosités de grande valeur et une suite de domestiques indigènes. Il acheta donc une maison et vécut dans un grand luxe. Mon frère jumeau Barthélemy et moi, nous étions ses seuls enfants.

« Je me rappelle très bien la sensation que causa la disparition du capitaine Morstan. Nous en avons lu les détails dans les journaux et, sachant qu'il avait été l'ami de notre père, nous en discutions librement devant lui. Il prenait part à nos conversations quand nous nous demandions ce qui avait bien pu lui arriver. Jamais une minute nous n'avons supposé qu'il avait toujours tenu ce secret caché en son cœur, et que de tous les hommes, il était le seul qui connût le destin d'Arthur Morstan.

« Nous savions bien pourtant qu'un mystère, un danger réel, planait sur notre père. Il avait peur de sortir seul, et il avait toujours comme portiers à Pondichery Lodge deux champions de boxe. Williams, qui vous a conduits ce soir, était l'un d'eux. Il a été jadis champion d'Angleterre des poids légers. Notre père ne voulut jamais nous dire ce qu'il redoutait, mais il montrait toujours une forte aversion pour les hommes qui avaient une jambe de bois. A tel point qu'un jour, il fit feu avec son revolver sur un homme à jambe de bois, qui se trouva n'être qu'un brave commerçant venu solliciter une commande. Il nous fallut payer une grosse somme pour étouffer l'affaire. Nous pensions, mon frère et moi, que c'était une lubie de mon père, mais les événements nous ont amenés depuis à changer d'avis.

« Au début de 1882, mon père reçut une lettre des Indes, qui lui causa une grande émotion. Il faillit s'évanouir à la table du déjeuner quand il l'ouvrit et, à partir de ce moment-là, il fut malade jusqu'à sa mort. Qu'y avait-il dans cette lettre ? Nous n'avons jamais pu le découvrir, mais au moment où il en prenait connaissance, ce jour-là, je pus voir qu'elle était courte et d'une écriture bien mauvaise. Pendant des années, il avait souffert d'une hypertrophie de la rate, mais son état empirait de jour en jour et, vers la fin avril, on nous informa qu'il n'y avait plus d'espoir et qu'il désirait nous faire une dernière recommandation.

« Quand nous entrâmes dans sa chambre, il respirait difficilement, adossé à ses oreillers. Il nous pria de fermer la porte à clef, et de nous tenir de chaque côté de son lit. Alors, étreignant nos mains, il nous fit une déclaration extraordinaire d'une voix brisée autant par l'émotion que par la souffrance. J'essaierai de vous la rapporter en ses propres termes.

« Je n'ai qu'une seule chose, dit-il, qui me pèse à ce moment suprême. C'est la manière dont j'ai traité l'orpheline de ce pauvre Morstan. La maudite avarice, qui a été mon péché pendant toute ma vie, a fait que je l'ai privée d'un trésor, de la moitié au moins du trésor qui aurait dû être le sien. Et pourtant, je n'en ai fait aucun usage moi-même, tant l'avarice est aveugle et folle. La joie de posséder me tenait si bien que l'idée de le partager m'était insupportable. Vous voyez ce chapelet garni de perles à côté du flacon de quinine ? Même de cela, je n'ai pu supporter de me séparer, bien que je l'eusse sorti avec l'intention de le lui envoyer. Vous, mes fils, vous lui donnerez la part qui lui revient du trésor d'Agra. Mais ne lui envoyez rien, pas même le chapelet, avant ma mort. Après tout, on a vu des hommes aussi mal en point que moi qui ont guéri.

« Je veux vous dire comment Morstan est mort, continua-t-il. Pendant des années, il avait souffert d'une faiblesse du cœur, mais il la cachait à tout le monde. Moi seul le savais. Quand nous étions aux Indes, lui et moi, par suite d'un remarquable enchaînement de circonstances, nous sommes entrés en possession d'un trésor considérable. Je l'ai rapporté en Angleterre, et le soir même où Morstan arriva, il vint directement ici pour réclamer sa part. Il vint à pied de la gare, et fut reçu par mon vieux et fidèle Lal Chowdar, mort maintenant. Morstan et moi nous ne fûmes pas d'accord sur le partage du trésor, et il y eut des paroles très vives... Morstan, au paroxysme de la colère, avait bondi de sa chaise quand, soudain, il porta la main à son cœur. Son visage prit une teinte sombre et il tomba à la renverse, se faisant une entaille à la tête contre le coin du coffre qui contenait le trésor. Quand je me penchai sur lui, je constatai avec horreur qu'il était mort.

« Longtemps, je restai là, assis, à moitié fou, ne sachant que faire. Ma première pensée, naturellement, fut d'appeler au secours. Mais je ne pouvais pas ne pas reconnaître qu'il y avait de fortes chances que je fusse accusé de son assassinat. Sa mort au cours d'une querelle, sa blessure profonde à la tête témoigneraient lourdement contre moi. En outre, une enquête officielle ne pouvait être menée sans amener la découverte de certains faits concernant le trésor, que j'étais particulièrement anxieux de garder secrets. Il m'avait dit que personne au monde ne savait où il était allé. Il ne me paraissait pas nécessaire qu'on le sût jamais.

« Je méditais encore quand, levant les yeux, je vis mon serviteur Lal Chowdar dans l'encadrement de la porte. Doucement, il entra, verrouilla la porte derrière lui. "N'ayez pas peur, Sahib, dit-il, personne n'a besoin de savoir que vous l'avez tué. Faisons-le disparaître et qui en saura quelque chose ? — Je ne l'ai pas tué, dis-je." Lal Chowdar branla la tête et sourit : "J'ai tout entendu, Sahib. Je vous ai entendu vous disputer et j'ai entendu le coup... Mais mes lèvres sont scellées. Tout le monde dort dans la maison. Enlevons-le ensemble."

« C'en était assez pour me décider. Si mon propre serviteur ne pouvait croire à mon innocence, comment espérer en imposer la conviction à douze stupides commerçants promus jurés ? Lal Chowdar et moi, nous fîmes disparaître le corps cette nuit-là, et quelques jours après, tous les journaux de Londres s'interrogeaient sur la mystérieuse disparition du capitaine Morstan.

« Vous voyez que l'on peut à peine me blâmer en cela. Ma faute consiste en ce que nous avons non seulement caché le corps, mais aussi le trésor, en gardant la part de Morstan aussi bien que la mienne. Je veux donc que vous fassiez une restitution. Approchez vos oreilles de ma bouche. Le trésor est caché dans...

« A ce moment, un changement horrible se produisit sur son visage, ses yeux grands ouverts eurent un regard éperdu, sa mâchoire tomba et, d'une voix que je n'oublierai jamais, il se mit à hurler : "Chassez-le ! Au nom du Christ, chassez-le !" Tous les deux, nous regardâmes la fenêtre derrière nous, sur laquelle ses yeux se fixaient. Un visage surgi des ténèbres nous observait. Nous pouvions voir la tache blanche du nez aplati contre la vitre. C'était une face barbue avec des yeux sauvages, cruels, et une expression de méchanceté ardente. Mon frère et moi nous nous précipitâmes vers la fenêtre, mais l'homme avait disparu. Quand nous sommes revenus près de notre père, sa tête était retombée sur sa poitrine, et son pouls avait cessé de battre.

« Nous avons fouillé le jardin, cette nuit-là, mais nous n'avons trouvé aucune trace de l'intrus si ce n'est, sous la fenêtre, une seule empreinte de pas visible dans la platebande. N'eût été cette unique empreinte, nous aurions pu croire que nos imaginations avaient évoqué cette face sauvage et féroce. Nous avons eu pourtant, sans tarder, une autre preuve, une preuve plus frappante qu'il y avait des forces secrètes agissant autour de nous. Nous avons trouvé, le matin, la fenêtre de la chambre de mon père grande ouverte. Les commodes, les cartons avaient été vidés et, sur sa poitrine, on avait épinglé un morceau de papier déchiré portant ces mots : *Le Signe des Quatre*. Ce que voulait dire cette phrase et quel avait été le visiteur inconnu, nous ne l'avons jamais su. Autant que nous en pouvions juger, rien de ce qui appartenait à mon père n'avait été dérobé, bien que tout eût été mis sens dessus dessous. Naturellement, mon frère et moi nous avons rapproché cet incident singulier de la crainte qui hantait mon père pendant sa vie, mais c'est encore pour nous un mystère complet.

Le petit homme s'arrêta pour rallumer son narguilé, qu'il fuma quelques instants, l'air pensif. Nous étions tous restés absorbés, à écouter son récit extraordinaire. Pendant le bref récit de la mort de son père, mademoiselle Morstan était devenue mortellement pâle et pendant un instant, j'avais cru qu'elle allait s'évanouir. Elle s'était remise, cependant, en absorbant un verre d'eau que je lui avais tranquillement versé d'une carafe en verre de Venise, sur le buffet. Sherlock Holmes s'était renversé sur sa chaise, l'air absent, les paupières abaissées sur ses yeux étincelants. En le regardant, je ne pouvais m'empêcher de songer comment, ce jour même, il s'était plaint amèrement de la monotonie de la vie. Il y avait là, maintenant, un problème qui emploierait toute sa sagacité. Monsieur Thaddée Sholto nous regarda l'un après l'autre, manifestement fier de l'effet que son histoire avait produit, puis tout en fumant, il reprit :

— Mon frère et moi nous étions, vous l'imaginez, fort excités par ce trésor dont notre père avait parlé. Pendant des semaines et des mois, nous avons creusé, retourné chaque coin du jardin sans y rien découvrir.

« C'était affolant de penser que l'endroit où il était caché était sur ses lèvres quand il mourut. Nous pouvions juger de la splendeur des richesses qui nous échappaient par le chapelet de perles qu'il avait sorti de ce trésor. A propos du chapelet, mon frère et moi avons discuté longtemps. Les perles avaient, de toute évidence, une grande valeur, et il ne voulait pas s'en défaire car, entre nous, mon frère avait un peu le défaut de mon père. Il pensait en outre, que si nous nous défaisions du chapelet, cela pourrait susciter des bavardages et nous causer des ennuis. Tout ce que je pus faire, ce fut de le convaincre de me laisser découvrir l'adresse de mademoiselle Morstan, et de lui envoyer une perle détachée à intervalles déterminés, de façon qu'au moins, elle ne pût jamais se trouver sans ressources.

— Ce fut une bonne pensée, dit notre compagne, c'était vraiment très bien de votre part.

Le petit homme, d'un geste de la main, écartait ces remerciements :

— Nous étions vos tuteurs, dit-il, du moins c'était là ma manière de voir, bien que mon frère Barthélemy ne vît pas les choses sous le même jour. Nous avions nous-mêmes beaucoup d'argent, je n'en voulais pas plus. En outre, c'eût été de si mauvais goût de traiter une jeune dame de si mesquine façon ! *Le mauvais goût mène au crime.* Les Français, par ce proverbe, expriment cette chose de façon très claire. Nous différions tellement d'avis à ce sujet que je crus qu'il serait mieux pour moi de prendre un appartement ailleurs, et je quittai Pondichery Lodge, emmenant deux des serviteurs avec moi. Hier pourtant, j'ai appris qu'un événement de la plus haute importance s'était produit. Le trésor a été découvert. Je suis aussitôt entré en communication avec mademoiselle Morstan et il ne nous reste plus qu'à nous rendre à Norwood et à exiger notre part. J'ai exposé ma façon de voir, hier soir, à mon frère Barthélemy. Nous serons donc des visiteurs attendus, sinon bienvenus.

Monsieur Thaddée Sholto se tut et resta assis, à s'agiter sur son luxueux siège bas. Nous gardions le silence, songeant à la phase nouvelle où entrait cette mystérieuse affaire. Holmes fut le premier à se lever vivement.

— Vous avez bien fait, monsieur, du début jusqu'à la fin. Il est possible que nous puissions vous en remercier en jetant quelque lumière sur ce qui est encore obscur pour vous. Mais, comme mademoiselle Morstan le remarquait tout à l'heure, il est tard, et mieux vaudrait en finir sans délai.

Notre nouvelle connaissance roula très posément le tuyau de son narguilé, sortit de derrière un rideau un manteau à brandebourgs, garni d'astrakan au col et aux poignets. Il le serra, le boutonna, et acheva ses préparatifs en se couvrant la tête d'une casquette en peau de lapin munie de pattes qui lui couvraient les oreilles, de sorte que de sa personne on ne pouvait voir que sa face mobile et pointue.

— Ma santé est plutôt fragile, remarqua-t-il, tout en nous dirigeant vers le couloir. Je suis toujours un valétudinaire.

Notre voiture nous attendait dehors, et notre programme était évidemment déjà arrangé, car le cocher enleva tout de suite ses chevaux à vive allure. Thaddée Sholto parla sans cesse, d'une voix qui dominait le bruit de la voiture.

— Barthélemy est un malin, dit-il. Comment pensez-vous qu'il a trouvé où était le trésor ? Il en était arrivé à la conclusion qu'il était quelque part à l'intérieur ; il calcula donc le volume de la maison ; il prit des mesures partout, de sorte qu'il n'y eût pas un pouce qui ne fût compté. Entre autres choses, il trouva que la hauteur du bâtiment était de soixante-quatorze pieds ; mais en additionnant les hauteurs de toutes les chambres séparément et en tenant compte de l'espace entre plafond et plancher, espace qu'il mesura en perçant des trous, il ne pouvait arriver qu'à un total de soixante-dix pieds. Il manquait donc quatre pieds, dont on ne se rendait pas compte. Ils ne pouvaient se trouver qu'au sommet du bâtiment. Il fit donc un trou dans le plafond de la chambre la plus haute et là, il découvrit un autre petit grenier au-dessus ; celui-ci ayant été masqué, personne ne le connaissait. Au milieu, reposant sur deux tréteaux, se trouvait le coffre aux trésors. Il le fit descendre par le trou et prit connaissance du contenu. Il estime que la valeur des bijoux n'atteint pas moins d'un demi-million de livres sterling.

Quand il mentionna cette somme gigantesque, nous nous regardâmes, tous ébahis. Mademoiselle Morstan, si nous arrivions à lui faire rendre ce qui lui appartenait, deviendrait, de petite gouvernante besogneuse, la plus riche héritière d'Angleterre. Evidemment un ami loyal ne pouvait que se réjouir d'une telle nouvelle ; pourtant j'ai honte de dire que l'égoïsme s'empara de moi et que mon cœur devint, dans ma poitrine, aussi lourd que du plomb. Je balbutiai quelques mots de félicitations et je restai assis là, la tête penchée, sourd au bavardage de notre nouvelle connaissance. C'était à n'en pas douter un hypocondriaque invétéré, et j'avais vaguement conscience qu'il énumérait d'interminables séries de symptômes et implorait des renseignements sur la composition et l'action de remèdes de charlatans. Il en avait en poche quelques-uns dans un étui de cuir. J'espère qu'il ne se rappelle aucune des réponses que je lui fis ce soir-là. Holmes certifie qu'il m'entendit le mettre en garde contre le grand danger de prendre plus de deux gouttes d'huile de ricin, alors que je recommandais comme calmant la strychnine prise à fortes doses. Quoi qu'il en soit, j'éprouvai un grand soulagement quand notre voiture s'arrêta brusquement et que le cocher descendit vivement pour ouvrir la portière.

— Mademoiselle Morstan, nous voici à Pondichery Lodge, dit Thaddée Sholto en l'aidant à descendre.

5

LA TRAGÉDIE DE PONDICHERY LODGE

Il était presque onze heures quand nous sommes arrivés au terme des aventures de cette nuit. Nous étions sortis de l'humide brouillard de la grande ville et la nuit était assez belle. Un vent chaud soufflait de l'ouest et de lourds nuages traversaient lentement le ciel, une demi-lune se montrait parfois dans leurs déchirures. Il faisait assez clair pour voir à quelque distance, mais Thaddée Sholto décrocha une des lanternes de la voiture pour mieux éclairer notre chemin.

Pondichery Lodge était une propriété entourée d'un très haut mur de pierre, que couronnait du verre cassé. Une porte étroite aux gonds de fer constituait la seule entrée. Sur cette porte, notre guide frappa d'un double coup analogue à celui dont s'annoncent les facteurs.

— Qui est là ? cria de l'intérieur une voix bourrue.

— C'est moi, Mac Murdo. Vous devez reconnaître ma façon de frapper, depuis le temps !

Il y eut une sorte de grognement, on entendit des clefs qui tintaient et grinçaient. La porte tourna lourdement, et un petit homme au buste épais se tint dans l'ouverture, la lumière jaune de la lanterne éclairant sa figure tendue en avant et ses yeux méfiants qui scintillaient.

— C'est vous, M. Thaddée ? Mais qui sont les autres ? Le maître ne m'a pas donné d'ordre à leur sujet.

— Vraiment, Mac Murdo ? Vous m'étonnez ! J'ai dit hier soir à mon frère que j'amènerais des amis.

— Il n'est pas sorti de sa chambre aujourd'hui, et je n'ai pas d'ordres. Vous savez bien que je ne dois pas transgresser les règlements. Je puis vous laisser entrer, mais vos amis doivent rester où ils sont.

C'était là un obstacle inattendu. Thaddée Sholto regarda autour de lui, perplexe et ne sachant que faire.

— Ce n'est pas chic de votre part, Mac Murdo. Si je réponds d'eux, cela devrait vous suffire. Et puis, il y a la jeune dame. Elle ne peut rester sur la voie publique à cette heure-ci.

— Désolé, monsieur Thaddée, dit le portier, inexorable. Ces gens peuvent être de vos amis et pourtant n'être pas les amis du maître. Il me paie bien pour faire mon devoir, et mon devoir, je veux le faire. Je ne connais aucun de vos amis.

— Oh ! que si ! Mac Murdo, s'écria Sherlock Holmes d'un ton amical, je ne pense pas que vous m'ayez oublié ! Ne vous rappelez-vous pas l'amateur qui a boxé contre vous au ring Alison, lors de la soirée à votre bénéfice, il y a quatre ans ?...

— Non ? monsieur Sherlock Holmes ! rugit le champion. Jour de Dieu ! Comment ai-je pu ne pas vous reconnaître ! Si, au lieu de rester si tranquille, vous vous étiez avancé et si vous m'aviez appliqué sur la mâchoire votre fameux crochet, je vous aurais reconnu, ça ne fait pas de doute. Ah ! vous êtes un type qui n'a pas profité de ses dons, vous auriez fait du chemin si ça vous avait chanté !

— Vous le voyez, Watson, si tout le reste rate, j'ai encore une profession scientifique qui m'est ouverte, dit Holmes en riant. Notre ami ne nous laissera pas au froid, maintenant, j'en suis sûr.

— Entrez, monsieur, entrez, vous et vos amis. Désolé, monsieur Thaddée, mais les ordres sont très stricts. Je devais être sûr de vos amis avant de les laisser entrer.

A l'intérieur, un sentier de gravier serpentait à travers le terrain et menait à une maison carrée et prosaïque, toute plongée dans l'ombre, sauf là où un rayon de lune en touchait le coin et se reflétait dans une fenêtre du grenier. Ce vaste bâtiment, sombre et silencieux, nous glaçait le cœur. Même Thaddée Sholto semblait mal à l'aise et la lanterne dans sa main tremblait et clignotait.

— Je n'y puis rien comprendre, reprit-il, il doit y avoir un malentendu. Je lui ai dit clairement que nous viendrions et pourtant il n'y a pas de lumière à sa fenêtre. Je ne sais comment interpréter cela.

— La propriété est-elle toujours gardée ainsi ? demanda Holmes.

— Oui, il a suivi l'habitude de mon père. C'était lui le favori, voyez-vous, et je pense parfois que mon père lui en a dit plus qu'à moi. C'est la fenêtre de Barthélemy, là-haut, où la lune tombe. Elle est toute brillante mais il n'y a pas, je crois, de lumière à l'intérieur.

— Aucune, dit Holmes, mais je vois un rayon de lumière dans la petite fenêtre, près de la porte.

— C'est la chambre de la femme de charge. C'est là que la vieille madame Bernstone se tient. Elle pourra bien nous renseigner. Cependant, vous ne verrez peut-être pas d'objection à m'attendre ici une minute ou deux, car si nous y allons ensemble sans qu'elle soit au courant de notre visite, elle pourra prendre peur. Mais, chut ! Qu'est-ce que c'est ?

Il leva la lanterne ; sa main tremblait à tel point que les cercles de lumière dansaient, incertains, autour de nous. Mademoiselle Morstan me saisit le poignet, et nous demeurâmes tous les oreilles tendues, nos cœurs battant violemment. De la grande maison noire retentissait dans la nuit silencieuse la plus pitoyable, la plus triste des voix : la plainte aiguë, brisée, d'une femme qui a peur.

— C'est madame Bernstone, dit Sholto. Elle est la seule femme de la maison. Attendez ici. Je reviens dans un moment.

Il se précipita vers la porte et frappa. Nous pûmes apercevoir une vieille et grande femme qui l'accueillit en manifestant tout le plaisir qu'elle avait de le voir.

— Oh ! monsieur Thaddée, je suis si contente que vous soyez venu, si contente que vous soyez ici, monsieur Thaddée !

Nous l'entendîmes redire sa joie jusqu'à ce que la porte se fermât et sa voix s'éteignit, monotone et voilée.

Notre guide nous avait laissé la lanterne. Holmes, la balançant lentement, regarda attentivement la maison et les grands tas de gravats partout accumulés dans la propriété. Mademoiselle Morstan et moi, nous étions ensemble, sa main dans la mienne. Une chose merveilleuse et subtile que l'amour, car nous étions là tous les deux, qui jamais ne nous étions vus auparavant, jamais n'avions échangé un mot, ni même un regard d'affection, et pourtant maintenant, en cet instant difficile, nos mains se cherchaient instinctivement.

Je m'en suis étonné depuis, mais, à ce moment-là, cela me sembla la chose la plus naturelle que de me rapprocher d'elle ainsi. Quant à elle, elle m'a souvent dit que le même instinct la poussait vers moi pour y trouver réconfort et protection.

Nous nous tenions donc la main dans la main, comme deux enfants, la paix dans nos cœurs, malgré la noirceur de tout ce qui nous entourait.

— Quel étrange endroit ! dit-elle, regardant autour de nous.

— On croirait que toutes les taupes d'Angleterre ont été lâchées dans cette propriété. J'ai vu quelque chose d'analogue sur le flanc d'une colline, près de Ballarat, où des prospecteurs étaient au travail.

— Et pour les mêmes raisons, intervint Holmes. Ce sont là les traces des chercheurs de trésor. Il ne faut pas oublier qu'ils ont fouillé pendant six ans. Quoi d'étonnant à ce que le sol ait l'air d'une sablière ?

A ce moment, la porte de la maison s'ouvrit brusquement et Thaddée Sholto vint en courant, les mains en avant, les yeux terrifiés.

— Il est arrivé quelque chose à Barthélemy ! s'écria-t-il. J'ai peur ! Mes nerfs ne peuvent endurer ça !

La peur, en vérité, le faisait balbutier et sa figure tordue, sortant de son grand col en astrakan, avait l'expression suppliante d'un enfant terrifié.

— Entrez dans la maison, dit Holmes de son ton cassant et ferme.

— Oui, entrons ! dit Thaddée Sholto. Je ne me sens vraiment pas capable de donner des ordres.

Nous le suivîmes tous dans la chambre de la gouvernante, à droite dans le couloir. La vieille femme allait, venait, l'air effaré et agité, mais la vue de mademoiselle Morstan parut avoir sur elle une influence apaisante.

— Que Dieu bénisse votre visage doux et calme ! s'écria-t-elle avec un sanglot hystérique. Ça me fait du bien de vous voir. Oh ! comme j'ai été éprouvée aujourd'hui !

Notre compagne caressa sa main maigre, usée par le travail, et murmura quelques mots d'encouragement, de réconfort, qui ramenèrent un peu de couleur aux joues exsangues de la vieille.

— Le maître s'est enfermé et ne veut pas répondre, expliqua-t-elle. Tout le jour j'ai attendu ses ordres, car il lui plaît souvent d'être seul, mais, il y a une heure, j'ai craint qu'il ne fût arrivé quelque chose. Je suis montée et j'ai regardé par le trou de la serrure. Il faut y aller, monsieur Thaddée, il faut monter, et voir vous-même. Pendant dix longues années, j'ai vu monsieur Barthélemy dans la joie et dans la douleur, mais jamais je ne l'ai vu avec un visage pareil.

Sherlock Holmes prit la lampe et nous conduisit, car Thaddée Sholto claquait des dents. Il était si secoué que je dus passer ma main sous son bras pour monter car ses genoux tremblaient sous lui. Deux fois, comme nous montions, Holmes sortit vivement sa lampe de poche, examinant avec soin des marques qui ne semblaient être que des taches de poussière sur la natte de coco qui servait de tapis d'escalier. Il avançait lentement, d'une marche à l'autre, tenant la lampe bien bas, jetant des regards aigus à droite et à gauche. Mademoiselle Morstan était restée avec la gouvernante effrayée.

L'escalier du troisième aboutissait à un corridor rectiligne et assez long. Il y avait sur la droite une grande tapisserie hindoue et trois portes sur la gauche. Holmes avançait toujours du même pas lent et méthodique, cependant que nous le suivions de très près, nos longues ombres noires se profilant derrière nous dans le corridor. La troisième porte était celle que nous cherchions. Holmes y frappa sans recevoir de réponse ; il essaya de tourner la poignée et d'ouvrir. La porte était fermée de l'intérieur, on pouvait s'en rendre compte en approchant la lampe de la serrure ; la clef, toutefois, se trouvait tournée de telle façon que le trou n'était pas complètement obstrué. Holmes s'y pencha et tout de suite se releva, le souffle coupé.

— Il y a quelque chose de diabolique dans tout cela, Watson, dit-il, plus ému que je ne l'avais jamais vu. Qu'en pensez-vous ?

Je me penchai vers la serrure et je reculai d'horreur. Le clair de lune éclairait la chambre d'un rayon vague et mouvant. Me regardant bien en face et suspendu, pour ainsi dire, en l'air, car tout en dessous était dans l'ombre, se détachait un visage, la reproduction du visage de notre compagnon Thaddée. Même crâne haut et luisant, même couronne de cheveux roux hérissés, même face exsangue.

Les traits, pourtant, étaient figés dans un horrible sourire ; ce rictus n'avait rien d'humain et, dans cette chambre silencieuse, éclairée par la lune, éprouvait les nerfs plus que n'importe quelle grimace. Ce visage ressemblait tellement à celui de notre petit ami que je me retournai pour m'assurer qu'il était bien avec nous. Il me revint alors à la pensée qu'il avait dit que son frère et lui étaient jumeaux.

— C'est terrible ! Holmes, que faire ?

— Il faut faire sauter la porte, répondit-il et, d'un bond, il pesa de toute sa force contre la serrure.

La porte craqua, gémit, mais ne céda pas. Nous nous élançâmes alors tous deux en même temps et, cette fois, elle céda avec un bruit sec et nous nous trouvâmes dans la chambre de Barthélemy Sholto.

Elle nous parut avoir été équipée en laboratoire de chimie. Sur le mur en face de la porte se dressait une double rangée de flacons aux bouchons de verre, et la table était encombrée de becs Bunsen, d'éprouvettes et de cornues. Dans les coins se trouvaient des bonbonnes d'acide. Un de ces récipients paraissait fuir ou avoir été fêlé car un flot de liquide noirâtre s'en était écoulé et l'air était lourd d'une odeur de goudron singulièrement piquante. Dans un coin de la pièce, au milieu d'un tas de gravats, un escabeau montait vers une ouverture du plafond, assez large pour laisser passer un homme. Au bas de l'escabeau, un gros rouleau de corde gisait en tas.

A la table, dans un fauteuil en bois, le maître de la maison était assis, affaissé, la tête inclinée sur l'épaule gauche, avec ce sourire de spectre, impénétrable, sur le visage. Il était raide, froid, et évidemment mort depuis de longues heures. Il me semblait que non seulement ses traits, mais tous ses membres étaient tordus, déformés de la manière la plus fantastique. Près de sa main, sur la table, il y avait un instrument singulier, un lourd bâton de bois au grain serré, au bout duquel une tête en pierre, comme un marteau, était assujettie grossièrement avec de la mauvaise ficelle. A côté se trouvait une feuille de papier à lettres sur laquelle étaient griffonnés quelques mots. Holmes y jeta un regard et me la passa.

— Vous voyez, dit-il, en levant les sourcils d'un air significatif.

A la lumière de la lanterne je lus, avec un frémissement d'horreur : « *Le Signe des Quatre* ».

— Au nom de Dieu, demandai-je, qu'est-ce que tout cela signifie ?

— Cela signifie un assassinat, précisa-t-il en se penchant sur le mort. Ah ! je m'y attendais. Regardez ici !

Il me désignait quelque chose qui ressemblait à une longue épine noire fichée dans la peau, juste au-dessous de l'oreille.

— Ça a l'air d'une épine, dis-je.

— C'en est une. Vous pouvez la tirer, mais prenez garde, elle est empoisonnée.

Je la pris délicatement entre le pouce et l'index. Elle sortit de la peau si facilement qu'elle laissa à peine une trace. Une gouttelette de sang, toute petite, apparut à la place de la piqûre.

— Tout cela est pour moi un mystère insoluble, dis-je. Il devient plus impénétrable, au lieu de devenir plus clair.

— Au contraire, il s'éclaircit à chaque instant. Il ne me faut plus que quelques maillons qui me manquent et l'enchaînement des faits sera complété.

Nous avions presque oublié la présence de notre compagnon depuis que nous étions entrés dans la chambre. Il se tenait toujours debout à la porte, image même de la terreur, à se tordre les mains et à gémir. Soudain, pourtant, il poussa un cri aigu et plaintif.

— Le trésor est parti ! cria-t-il. Ils lui ont volé le trésor. Voici l'ouverture par laquelle nous l'avons descendu. Je l'ai aidé à le descendre. Je suis la dernière personne qui l'ait vu ! Je l'ai quitté seulement hier soir et je l'ai entendu fermer la porte quand je partais.

— Quelle heure était-il ?

— Dix heures. Et maintenant il est mort ! La police va venir et on me soupçonnera d'y avoir pris part. Oh ! j'en suis sûr, on me soupçonnera. Mais vous ne le croyez pas, messieurs ? Vous ne croyez pas que j'aurais pu ? Est-il vraisemblable que je vous aurais amenés ici si c'était moi ? Ah ! mon Dieu ! mon Dieu ! Je sens que je deviens fou !

Il agitait les mains, frappait du pied, dans une sorte de rage convulsive.

— Vous n'avez aucune raison d'avoir peur, monsieur Sholto, dit Holmes avec bonté, en lui posant la main sur l'épaule. Suivez mon conseil, prenez la voiture, allez déclarer le meurtre à la police. Offrez de les aider en tout. Nous attendrons ici votre retour.

A moitié hébété, le petit homme obéit, et nous l'entendîmes descendre l'escalier en trébuchant dans l'obscurité.

6

SHERLOCK HOLMES FAIT UNE DÉMONSTRATION

— Maintenant, Watson, dit Sherlock Holmes en se frottant les mains, nous avons une demi-heure à nous. Employons-la bien. Mon étude de ce cas, comme je vous l'ai dit, est presque complète. Mais nous ne devons pas pécher par excès de confiance. Toute simple qu'elle semble, cette affaire peut avoir des ramifications souterraines.

— Simple !... m'écriai-je.

— Assurément, dit-il avec l'air d'un clinicien parlant à ses élèves. Asseyez-vous seulement dans ce coin pour que les empreintes de vos pas ne compliquent pas les choses. Et maintenant, au travail ! Et d'abord, comment ces gens-là sont-ils entrés, comment sont-ils partis ? La porte n'a pas été ouverte depuis hier soir. Et la fenêtre ? (Il l'examina à la lueur de la lampe, faisant à mi-voix des observations qui s'adressaient plus à lui-même qu'à moi.) La fenêtre est fermée à l'intérieur. Le cadre en est solide. Il n'y a pas de gonds sur le côté. Ouvrons-la. Pas de gouttière proche. Le toit est tout à fait hors de portée. Pourtant un homme est monté par la fenêtre. Il a plu un peu hier soir. Voici l'empreinte argileuse d'un pied sur l'appui de la fenêtre. Et voici une marque ronde et boueuse sur le plancher et ici encore près de la table. Regardez, Watson ! C'est vraiment une jolie démonstration.

Je considérai les disques boueux, ronds et nettement marqués.

— Ce n'est pas l'empreinte d'un pied, remarquai-je.

— C'est quelque chose de bien plus précieux pour nous. C'est l'impression d'un pilon en bois. Vous voyez, ici, sur l'appui de la fenêtre, vous avez la marque d'un pied, une lourde chaussure avec un large talon en métal et, à côté, l'empreinte du pilon.

— C'est l'homme à la jambe de bois.

— Exactement, mais il y eut quelqu'un d'autre. Un complice très fort et très utile. Docteur, pourriez-vous escalader ce mur ?

Je regardai par la fenêtre ouverte. La lune éclairait encore cet angle de la maison. Nous étions au moins à soixante pieds du sol et, de tous les côtés, je ne voyais rien où poser le pied, pas même une fente dans la maçonnerie.

— C'est absolument impossible, dis-je.

— Sans aide, c'est impossible ; mais supposez que vous ayez un ami ici qui ferait descendre cette solide corde, que voici, dans la cour, en attachant une extrémité à ce gros crochet scellé dans le mur. Alors je crois que si vous étiez un homme fort, vous pourriez grimper, jambe de bois comprise. Vous vous en iriez, bien sûr, de la même façon et votre complice remonterait la corde, l'enlèverait du crochet, fermerait la fenêtre à l'intérieur et s'en irait alors comme il serait venu. Comme point secondaire, continua-t-il tout en maniant la corde, on peut noter que notre unijambiste, bien que bon grimpeur, n'était pas un marin de profession. Ses mains étaient loin d'être calleuses. Ma loupe me révèle plus d'une tache de sang, surtout vers l'extrémité de la corde, d'où je conclus qu'il s'est laissé glisser avec une telle rapidité qu'il s'est arraché la peau des mains.

— Tout cela est très joli, dis-je, mais ça devient plus incompréhensible que jamais. Qu'est-ce que ce complice mystérieux ? Comment est-il venu dans la chambre ?

— Oui, le complice, répéta Holmes, pensif. Il y a quelques caractéristiques intéressantes chez ce complice. Il élève ce cas hors des sentiers battus. J'imagine que ce complice ouvre un chapitre nouveau dans les annales criminelles de ce pays ; bien que des cas analogues s'offrent aux Indes et, si ma mémoire est bonne, en Sénégambie.

— Comment est-il venu, alors ? répétai-je. La porte est fermée à clef, la fenêtre est inaccessible. Est-il entré par la cheminée ?

— Beaucoup trop petite, répondit-il. J'avais déjà considéré cette possibilité.

— Alors ?

— Vous ne voulez pas appliquer mes préceptes, remarqua-t-il en hochant la tête. Combien de fois vous ai-je dit que lorsque vous avez éliminé l'impossible, ce qui reste, *quelque improbable que ce reste puisse être,* doit être la vérité ! Nous savons qu'il n'est pas venu par la porte, la fenêtre ou la cheminée. Nous savons aussi qu'il n'a pu se cacher dans la chambre où il n'y a pas de cachette possible. D'où est-il donc venu ?

— Par un trou dans le toit ? m'écriai-je.

— Naturellement. Il a dû venir par là. Si vous voulez bien me tenir la lampe, nous étendrons maintenant nos recherches à cette pièce du dessus, ce grenier secret où l'on a trouvé le trésor.

Il monta sur l'escabeau et des deux mains, saisissant une poutrelle, il se hissa dans le grenier. Puis, à plat ventre, il me prit la lampe des mains et la tint pendant que je le suivais.

Le réduit dans lequel nous nous trouvions mesurait environ dix pieds sur six. Le plancher était formé par des solives et une mince couche de plâtre entre elles, de sorte qu'en avançant, il fallait sauter de solive en solive. Le toit s'élevait en cône et formait de toute évidence la coquille intérieure du vrai toit de la maison. Il n'y avait aucun mobilier et la poussière accumulée des années reposait en couche épaisse sur le plancher.

— Voyez ! dit Sherlock Holmes, posant la main contre le mur oblique, il y a là une trappe qui mène au toit. Je n'ai qu'à la pousser et voici le toit, formant un angle très faible. C'est le chemin par lequel le Numéro Un est entré. Voyons si nous pouvons trouver d'autres traces de sa personne.

Il abaissa sa lampe vers le plancher et je vis, pour la seconde fois ce soir, son visage prendre une expression de profond étonnement. Quant à moi, tout en suivant son regard, je sentais le froid m'envahir, sous mes vêtements. Le plancher était couvert en abondance des empreintes d'un pied nu, bien marqué, parfaitement formé, mais à peine de la moitié de la dimension d'un pied d'homme ordinaire.

— Holmes, dis-je tout bas, c'est un enfant qui a fait cette chose horrible !

Il avait tout de suite retrouvé son calme.

— J'ai été démonté sur le moment, dit-il, mais la chose est toute naturelle. La mémoire m'a fait défaut sans quoi j'aurais pu le prédire. Nous n'avons plus rien à apprendre ici. Descendons.

— Quelle est donc votre théorie concernant ces traces de pas ? lui demandai-je vivement quand nous fûmes dans la chambre.

— Mon cher Watson, faites un peu l'analyse vous-même. (Il y avait dans son intonation une légère impatience.) Vous connaissez mes méthodes. Appliquez-les et il sera instructif de comparer les résultats.

— Je ne puis rien imaginer qui couvre tous les faits.

— Tout vous paraîtra bientôt clair, dit-il d'un ton dégagé. Je pense qu'il n'y a rien d'autre d'important ici, mais je vais m'en assurer.

Il sortit sa loupe et un mètre-ruban et, à genoux, il parcourut la chambre, mesurant, comparant, examinant, son nez mince à quelques pouces seulement du plancher. Si prompts, silencieux et furtifs étaient ses mouvements, comme ceux d'un limier bien dressé flairant une piste, que je ne pouvais m'empêcher de penser quel dangereux criminel il eût fait s'il avait tourné son énergie et sa sagacité contre la loi au lieu de les exercer pour sa défense. Tout en quêtant ainsi, il ne cessait de se parler tout bas, mais enfin il poussa un grand cri de joie.

— Nous sommes en veine ! dit-il, nous ne devrions plus avoir grand mal à présent. Notre Numéro Un a marché dans la créosote. Vous pouvez voir le contour de son petit pied là, à côté de ce gâchis malodorant. La bonbonne était fêlée et le contenu a fui.

— Et alors ?

— Nous le tenons, voilà tout ! Je connais un chien qui suivrait cette piste jusqu'au bout du monde. Si une meute peut suivre un hareng qu'on promène à travers tout un comté, jusqu'où un limier spécialement entraîné ne suivra-t-il pas une odeur aussi âcre que celle-ci ? Cela a l'air d'une règle de trois. La réponse devra nous donner le... Mais, hello !... Voici les représentants accrédités de la loi.

On entendait, en bas, des pas lourds, le bruit de fortes voix, et la porte du vestibule claqua bruyamment.

— Avant qu'ils n'arrivent, dit Holmes, posez votre main sur le bras de ce pauvre diable et là, sur sa jambe. Que sentez-vous ?

— Les muscles sont aussi durs que du bois.

— Exactement. Ils sont dans un état de contraction extrême, dépassant de beaucoup la rigidité cadavérique. Associé à cette distorsion du visage, ce « sourire sardonique », comme l'appelaient les vieux auteurs... quelle conclusion cela vous suggérerait-il ?

— Mort causée par quelque puissant alcaloïde végétal, une substance semblable à la strychnine, qui produirait le tétanos.

— C'est l'idée qui m'est venue dès que j'ai vu la convulsion des muscles de la face. Dès mon entrée dans la chambre, j'ai cherché le moyen par lequel le poison était entré dans l'organisme. Comme vous l'avez vu, j'ai découvert une épine qui avait été enfoncée ou lancée sans grande force dans le cuir chevelu. Vous remarquerez que la partie atteinte était tournée vers le trou du plafond, comme si l'homme se tenait alors droit sur sa chaise. Maintenant, examinez l'épine.

Je la pris délicatement et je la considérai à la lumière de la lanterne. Elle était longue, aiguë et noire, avec, vers la pointe, un aspect luisant comme si quelque matière gommeuse y avait séché ! La pointe émoussée avait été préparée, arrondie, avec un couteau.

— Est-ce là une épine anglaise ? demanda-t-il.

— Non, certainement pas.

— Avec toutes ces données, vous devriez pouvoir tirer une conclusion exacte. Mais voici les officiels ; les forces auxiliaires n'ont plus qu'à battre en retraite.

Comme il parlait, les pas qui s'étaient rapprochés retentissaient bruyamment dans le couloir et un gros homme, imposant, vêtu de gris, s'avança lourdement dans la chambre. C'était un homme sanguin au visage gras ; des yeux très petits et brillants filtraient un regard perçant sous des paupières boursouflées. Il était suivi de près par un inspecteur en uniforme et par Thaddée Sholto toujours aussi ému.

— En voilà une affaire ! cria-t-il d'une voix enrouée. Voilà une jolie affaire ! Mais qui sont ces gens-là ! La maison semble aussi pleine qu'une garenne de lapins !

— Je pense que vous devez vous souvenir de moi, monsieur Athelney Jones, dit Holmes tranquillement.

— Eh quoi ! C'est monsieur Sherlock Holmes ! Bien sûr

que je me souviens! Holmes, le théoricien. Si je me souviens! Je n'oublierai jamais comment vous nous avez fait une conférence sur les causes, les déductions et les effets qu'on trouvait dans l'affaire des bijoux de Bishopgate. C'est vrai que vous nous avez mis sur la bonne piste, mais vous conviendrez maintenant que ce fut plus de la chance que de la science.

— C'était une affaire de simple raisonnement.

— Oh! Allons, allons! Il n'y a pas de honte à en convenir. Mais qu'est-ce que c'est que tout cela, aujourd'hui? Sale affaire! Sale affaire! Des choses précises ici! Il n'y a pas de place pour les théories. Quelle chance que je me sois trouvé à Norwood pour une autre affaire. J'étais au commissariat quand la nouvelle est arrivée. De quoi pensez-vous que l'homme soit mort?

— Oh! ce n'est guère un cas sur lequel je puisse disserter, dit Holmes sèchement.

— Non, non. Pourtant nous ne pouvons nier que vous n'ayez parfois frappé juste... Mon Dieu! Porte fermée à clef, me dit-on. Des bijoux de la valeur de plusieurs millions qui disparaissent! Comment était la fenêtre?

— Fermée; mais il y avait des pas sur l'appui.

— C'est bien! C'est bien! Si elle était fermée, les pas n'ont rien à voir dans l'affaire. Cela tombe sous le sens! L'homme a pu mourir d'une attaque, mais les bijoux disparus?... Ah! j'ai une théorie. Ces éclairs me viennent quelquefois. Sortez un instant, brigadier, et vous monsieur Sholto. Votre ami peut rester. Que pensez-vous de ceci, Holmes? Sholto était, il le déclare lui-même, avec son frère hier soir. Le frère est mort dans une crise et Sholto s'en est allé avec le trésor! Qu'en dites-vous?

— Sur quoi le mort, en homme très réfléchi, s'est levé et a fermé la porte à clef de l'intérieur.

— Hum!... Il y a là une faille. Mettons-y un peu de sens commun. Ce Thaddée Sholto était avec son frère. Il y a eu une querelle; cela, nous le savons. Personne n'a vu le frère depuis que Thaddée l'a quitté. Il n'a pas couché dans son lit. Thaddée, c'est évident, n'a pas la conscience tranquille. Son aspect est... disons peu séduisant. Vous voyez que je tisse ma toile autour de Thaddée. Le filet se resserre sur lui.

— Vous ne possédez pas toutes les données encore. Cet

éclat de bois, que j'ai de fortes raisons de croire empoisonné, était dans le cuir chevelu de l'homme, là où vous pouvez encore en voir la marque. Cette carte portant les mots que vous voyez était sur la table, et à côté se trouvait cet instrument à tête de pierre assez singulière. Comment tout cela cadre-t-il dans votre théorie ?

— Ça la confirme en tout point, dit le détective pompeux. La maison est remplie de curiosités hindoues. Thaddée a apporté cela ici et, tout aussi bien que n'importe qui, il a pu se servir de cet éclat de bois empoisonné. La carte, c'est du trompe-l'œil, de la poudre aux yeux probablement. La seule question est : Comment est-il parti ? Ah ! Bien sûr, voici un trou dans le plafond.

Avec une très grande agilité, étant donné son embonpoint, il sauta sur l'escabeau, s'insinua dans le grenier et tout de suite nous entendîmes sa voix triomphante proclamer qu'il avait trouvé la trappe.

— Il est capable de trouver quelque chose, remarqua Holmes en haussant les épaules. Il a parfois des lueurs de raison. « Il n'y a pas de sots si incommodes que ceux qui ont de l'esprit ! » dit un classique français.

— Vous voyez, dit Athelney Jones, redescendant par l'escabeau, les faits sont, après tout, meilleurs que les théories. Ma façon d'envisager l'affaire se confirme. Il y a une trappe qui communique avec le toit, et elle est en partie ouverte.

— C'est moi qui l'ai ouverte.

— Oh ! Vraiment ! Vous l'aviez donc remarquée… (Il semblait un peu déçu de cette découverte.) Eh bien ! Qu'importe qui l'a trouvée, elle montre comment notre monsieur est sorti. Inspecteur !

— Oui, monsieur, dit une voix dans le couloir.

— Demandez à monsieur Sholto de venir par ici. Monsieur Sholto, c'est mon devoir de vous informer que tout ce que vous pourrez dire pourra se retourner contre vous. Je vous arrête au nom de la reine, comme étant impliqué dans le meurtre de votre frère.

— Là ! Ne vous l'avais-je pas dit ? s'écria le pauvre petit homme, agitant les mains et nous regardant l'un après l'autre.

— Ne vous en faites pas, monsieur Sholto, dit Holmes, je crois pouvoir m'engager à vous laver de cette accusation.

— N'en promettez pas trop, Monsieur le théoricien, n'en promettez pas trop, dit d'une voix coupante le policier. Il se peut que vous trouviez la tâche plus ardue que vous ne pensez.

— Non seulement, monsieur Jones, je l'innocenterai, mais je vous ferai gratuitement présent du nom et de la description de l'une des deux personnes qui étaient dans cette chambre la nuit dernière. Son nom, j'ai toute raison de croire que c'est Jonathan Small. C'est un homme de médiocre éducation, petit, agile, amputé de la jambe droite, portant un pilon de bois dont le bout est usé en dedans. Sa chaussure gauche a une semelle grossière à bout carré avec un morceau de fer rond au talon. C'est un homme d'âge moyen, hâlé par le soleil et il a été bagnard. Ces quelques renseignements pourront vous aider un peu, si vous y joignez le fait qu'il doit manquer pas mal de peau à la paume de ses mains. L'autre homme...

— Ah ! L'autre homme ? interrogea Jones d'une voix railleuse, mais impressionnée pourtant, comme je pouvais le voir aisément, par la précision de son interlocuteur.

— C'est un curieux bonhomme, fit Sherlock Holmes en pirouettant sur un talon. J'espère avant longtemps pouvoir vous présenter le couple. Un mot à vous dire, Watson.

Il me mena en haut de l'escalier.

— Cet incident inattendu, me dit-il, est cause de ce que nous avons un peu perdu de vue le but premier de notre voyage.

— J'y pensais tantôt. Il n'est pas bien que mademoiselle Morstan s'attarde dans cette maison de malheur.

— Non ; vous allez l'accompagner chez elle. Elle demeure chez madame Cecil Forrester, à Lower Camberwell, ce n'est donc pas très loin. Je vous attendrai ici, si vous voulez bien la reconduire. Mais peut-être êtes-vous trop fatigué ?

— Nullement. Je ne pense pas qu'il soit possible de me reposer avant que je n'en sache plus long sur cette affaire fantastique. J'ai vu pas mal de choses assez rudes déjà, mais je vous donne ma parole que cette rapide succession de surprises étranges au cours de la nuit m'a violemment secoué les nerfs. J'aimerais toutefois en voir la fin avec vous, maintenant que j'ai si bien commencé.

— Votre présence me sera très utile. Nous étudierons

l'affaire par nous-mêmes et nous laisserons ce Jones triompher avec tous les merles blancs qu'il lui plaira de dénicher. Quand vous aurez déposé mademoiselle Morstan, je voudrais que vous alliez au numéro 3 de Pinchin Lane près de la rivière à Lambeth. La troisième maison à droite est celle d'un empailleur d'oiseaux. Un nommé Sherman. Vous verrez dans la vitrine une fouine qui tient un petit lapin. Réveillez le vieux Sherman et dites-lui, avec mes compliments, que j'ai besoin de Toby. Vous le ramènerez avec vous dans la voiture.

— Un chien, je présume ?

— Un drôle de cabot, avec une puissance de flair extraordinaire. Je préférerais l'aide de Toby à celle de toutes les forces policières de Londres.

— Je vous le ramènerai donc. Il est maintenant une heure. Je devrais être ici avant trois heures, si je peux trouver un cheval frais.

— Et moi je verrai ce que je peux apprendre par madame Bernstone et par le serviteur hindou qui, d'après monsieur Thaddée, couche dans la mansarde voisine. Alors j'étudierai les grandes méthodes de Jones et j'écouterai ses sarcasmes, exempts de subtilité. « Nous sommes habitués à ce que les hommes dédaignent ce qu'ils ne comprennent pas », dit Goethe dans une phrase pleine de sève.

7

L'ÉPISODE DU TONNEAU

La police était venue avec une voiture, et dans cette voiture je reconduisis mademoiselle Morstan chez elle. Suivant l'angélique manière des femmes, elle avait, parmi tous ces ennuis, gardé un visage serein tant qu'il y avait eu quelqu'un de plus faible qu'elle-même à soutenir, et je l'avais trouvée alerte et placide auprès de la gouvernante apeurée. Dans la voiture, cependant, elle s'évanouit d'abord, puis eut une violente crise de larmes, tant ces aventures l'avaient fatiguée. Elle m'a dit depuis qu'elle m'avait trouvé froid et distant pendant ce retour. Elle ne devinait guère combien je dus lutter, quels efforts je dus faire pour me maîtriser et me contenir. Mes sympathies, mon amour allaient vers elle comme ma main avait cherché la sienne dans le jardin. Je sentais que des années de vie ne sauraient m'apprendre à connaître sa nature douce et brave autant que l'avait fait cette seule journée d'étranges aventures. Il y avait pourtant deux pensées qui scellaient les mots d'affection sur mes lèvres. Elle était faible, seule, l'esprit et les nerfs agités. C'était abuser de la situation que de lui imposer mon amour en un tel moment. Pis encore, elle était riche. Si les recherches de Holmes aboutissaient, elle deviendrait une héritière enviée. Etait-il honnête, était-il honorable qu'un médecin militaire en demi-solde profitât ainsi de l'avantage d'une intimité qu'un pur hasard lui avait procurée ? Ne pourrait-elle pas me regarder comme un vulgaire coureur de dot ? Je ne pouvais risquer que cette pensée effleurât son esprit. Ce trésor d'Agra mettait comme une barrière infranchissable entre nous.

Il était presque deux heures quand nous arrivâmes chez

madame Cecil Forrester. Les domestiques s'étaient retirés depuis des heures, mais madame Forrester avait été si intéressée par le message que mademoiselle Morstan avait reçu qu'elle avait veillé avec l'espoir de son retour. Elle ouvrit elle-même la porte. C'était une dame entre deux âges, gracieuse, et ce me fut un plaisir de voir avec quelle tendresse elle passa son bras autour de la taille de la jeune femme, et quelle intonation maternelle il y avait dans ses paroles de bienvenue. Mademoiselle Morstan n'était sûrement pas une simple salariée, mais une amie honorée. On me présenta, et madame Forrester me pria avec insistance d'entrer et de lui raconter nos aventures. Je lui expliquai toutefois l'urgence de la commission dont je devais m'acquitter, et je lui promis de revenir et de lui exposer fidèlement l'évolution éventuelle de l'affaire. En m'éloignant, je me retournai pour apercevoir ce petit groupe sur le perron : les deux gracieuses femmes se tenant enlacées, la porte mi-ouverte, la lumière du vestibule brillant à travers les vitraux, le baromètre et la rampe d'escalier luisante. Il était rafraîchissant de voir, même au passage, ce tableau fugitif d'une tranquille demeure anglaise, au milieu de cette obscure et sauvage affaire qui nous absorbait.

Et plus je pensais à ce qui était arrivé, plus tout me paraissait sauvage et obscur. Tout en roulant le long des rues silencieuses, je revoyais toute la suite extraordinaire des événements. Il y avait le problème initial. Cela, du moins, était clair à présent. La mort du capitaine Morstan, l'envoi des perles, l'annonce dans le journal, la lettre, on avait fait la lumière sur ces points. Ils nous avaient, toutefois, conduits à un mystère plus profond et plus tragique. Le trésor hindou, le curieux plan trouvé dans les bagages de Morstan, l'étrange scène de la mort du commandant Sholto, la redécouverte du trésor suivie immédiatement de l'assassinat de son possesseur, toutes les circonstances singulières entourant le crime, les pas, les armes, les mots sur le papier, correspondant à ceux tracés sur le plan du capitaine Morstan ; il y avait là vraiment un labyrinthe dans lequel un homme moins doué que mon ami aurait pu désespérer de jamais trouver une piste.

Pinchin Lane était une rangée de minables maisons en briques à deux étages dans le bas quartier de Lambeth.

Je dus frapper quelque temps au numéro 3 avant de me faire entendre. A la fin, pourtant, il y eut la lueur d'une bougie derrière le store, et un visage se montra à la fenêtre d'en haut.

— Allez-vous-en, espèce d'ivrogne ! dit une voix. Si vous faites encore du raffut, j'ouvre les chenils et je vous lâche quarante-trois chiens dessus.

— Si vous voulez en laisser sortir un seul, c'est juste ce pourquoi je suis venu.

— Allez-vous-en, hurla la voix, ou bien j'ai une vipère là dans un sac et je la laisserai tomber sur votre tête si vous ne décampez pas.

— Mais, j'ai besoin d'un chien ! m'écriai-je.

— Je ne veux pas discuter. Maintenant, filez et gare ! Lorsque je dirai « Trois » la vipère dégringolera.

— Monsieur Sherlock Holmes... commençai-je, mais ces seuls mots produisirent sur l'homme un effet magique.

La fenêtre s'ouvrit immédiatement et, en moins d'une minute, la chaîne était enlevée et la porte ouverte ! Monsieur Sherman était un vieillard maigre, efflanqué, les épaules voûtées, le cou noueux. Il portait des lunettes teintées de bleu.

— Un ami de monsieur Sherlock Holmes est toujours le bienvenu. Entrez, monsieur, dit-il. Méfiez-vous du blaireau, il mord. Ah ! méchante bête, polissonne, tu veux entamer le monsieur ? Ça, c'est une hermine qui passa sa vilaine tête et ses yeux rouges entre les barreaux de sa cage. Ne faites pas attention à celui-ci, ce n'est qu'un orvet. Il n'a pas de crochets, je le laisse libre dans la pièce. Faut m'excuser d'avoir été un peu sec avec vous au commencement, car je suis embêté par les gosses et il y en a qui viennent me réveiller. Qu'est-ce que me veut monsieur Sherlock Holmes ?

— Il veut un de vos chiens.

— Ah ! C'est Toby, bien sûr.

— C'est cela : Toby.

— Toby habite au n° 7, à gauche.

Il se déplaça lentement, avec sa bougie, parmi l'étrange famille d'animaux qu'il avait rassemblée autour de lui. Dans la lumière incertaine, je voyais vaguement des yeux qui luisaient, guettaient, nous regardaient, par toutes les fentes, dans tous les coins. Même les poutres au-dessus de nos têtes étaient garnies d'étranges oiseaux qui, paresseusement, se reposaient d'une patte sur l'autre, et dont nos voix troublaient le sommeil.

Toby était un vilain chien, aux longs poils, aux oreilles coupées, ni épagneul ni chien de chasse, brun et blanc ; il se dandinait avec gaucherie. Après quelque hésitation, il accepta un morceau de sucre que le vieux naturaliste m'avait passé et, ayant ainsi scellé une alliance, il me suivit jusqu'à la voiture et ne fit aucune difficulté pour m'accompagner. Trois heures venaient de sonner à l'horloge du Palais quand je me retrouvai à Pondichery Lodge. L'ancien champion de boxe Mac Murdo, me dit-on, avait été arrêté comme complice et, avec monsieur Sholto, avait été conduit au poste de police. Deux agents gardaient la porte de la propriété, mais ils me laissèrent passer avec le chien quand je donnai le nom du détective.

Holmes se tenait sur le seuil de la maison, les mains dans les poches, fumant sa pipe.

— Ah ! vous l'avez, dit-il. Bon chien ! Jones est parti. Nous avons eu un immense étalage d'énergie depuis que vous m'avez quitté ; il a arrêté non seulement notre ami Thaddée, mais le portier, la gouvernante et le domestique hindou. Nous avons la place pour nous seuls, à part un brigadier qui est là-haut. Laissez le chien ici et venez.

Après avoir attaché Toby à la table du vestibule, nous montâmes l'escalier. La chambre était comme nous l'avions laissée, sauf qu'un drap avait été placé sur le cadavre. Un brigadier de police, l'air fatigué, se reposait dans un coin.

— Prêtez-moi votre lampe électrique, brigadier, dit mon compagnon. Maintenant, attachez-moi ce bout de ficelle autour du cou, qu'il pende par-devant. Merci. Il me faut aussi enlever mes souliers et mes chaussettes. Je vais faire un peu d'escalade. Descendez-les avec vous, Watson. Trempez mon mouchoir dans la créosote. Ça va ! A présent, venez un moment avec moi dans le grenier.

Nous grimpâmes à travers le trou. Holmes, une fois de plus, dirigea sa lampe sur les empreintes de pieds, dans la poussière.

— Je désire que vous observiez particulièrement ces empreintes, dit-il. Y voyez-vous quelque chose qui soit digne de remarque ?

— Elles appartiennent à un enfant ou à une petite femme.

— Mais à part leur dimension, n'y a-t-il rien d'autre ?
— Elles me semblent pareilles à n'importe quelles autres.
— Pas du tout ! Regardez ici. Voici l'empreinte d'un pied droit dans la poussière. A présent, j'en fais une avec mon pied nu à côté de celle-ci. Quelle est la différence ?
— Vos orteils sont tous réunis ensemble. L'autre empreinte montre chaque orteil nettement séparé.
— Exactement. C'est là le point. Ne l'oubliez pas. Maintenant, voulez-vous bien avancer jusqu'à cette fenêtre et sentir le rebord de bois. Je resterai où je suis, avec mon mouchoir à la main.

Je fis ce qu'il me demandait, et je fus sur-le-champ conscient d'une forte odeur de goudron.

— C'est là qu'il a posé le pied en sortant. Si *vous* pouvez sentir sa trace, je suis sûr que Toby n'aura aucune difficulté. Maintenant, courez en bas, détachez le chien et préparez-vous à admirer Blondin, le danseur de corde.

Quand je me trouvai dans le jardin, Sherlock Holmes était sur le toit, et je pus le voir comme un énorme ver luisant rampant très lentement le long du rebord ; je le perdis de vue derrière un groupe de cheminées, mais il reparut bientôt et, une fois de plus, disparut du côté opposé. Quand je me fus rendu par là, je le trouvai assis à l'une des gouttières d'angle.

— C'est vous, Watson ? cria-t-il.
— Oui.
— C'est bien ici. Qu'est-ce que cette chose noire, en bas ?
— Un tonneau à eau.
— Il y a un couvercle ?
— Oui.
— Pas de signe d'une échelle ?
— Non.
— Au diable ce type !... C'est un endroit à se casser le cou. Je dois pourtant pouvoir descendre là où il a pu monter. La gouttière a l'air assez solide. En tout cas, allons-y !

J'entendis ses pieds qui grattaient, et la lanterne commença de descendre sans s'agiter le long du mur. Puis, d'un bond léger, il sauta sur le tonneau, et de là sur le sol.

— Ce n'était pas difficile de le suivre, dit-il en remettant ses chaussettes et ses souliers. Les tuiles étaient branlantes d'un bout à l'autre et dans sa précipitation, il a perdu ceci, qui confirme mon diagnostic, comme vous dites, vous autres médecins.

L'objet qu'il me montrait était une petite pochette tissée de jonc coloré, avec quelques grains de couleur enfilés tout autour. Par la forme et la dimension, elle ressemblait assez à un étui à cigarettes. A l'intérieur, il y avait une demi-douzaine d'épines de bois noir aiguës à une extrémité et arrondies à l'autre, semblables à celle qui avait atteint Barthélemy Sholto.

— Ce sont des armes diaboliques, dit-il, prenez garde ! Ne vous piquez pas ! Je suis enchanté de les détenir, car il y a de fortes chances que ce soit là tout ce qu'il possède. Il y a moins de crainte pour vous ou pour moi d'en trouver une dans notre peau avant longtemps. Je préférerais essuyer une balle de revolver. Vous sentez-vous capable de faire encore six milles, Watson ?

— Certainement.

— Votre jambe supportera cette course ?

— Oh ! oui.

— Te voilà, bon chien ! Bon vieux Toby ! Flaire ça, Toby, flaire ça !

Il fourra le mouchoir sous le nez du chien, cependant que la bête sur ses pattes pelucheuses bien écartées inclinait comiquement la tête, comme un connaisseur humant le bouquet d'un cru fameux. Holmes jeta alors le mouchoir créosoté à quelque distance, attacha au cou du chien une corde solide et le conduisit au pied du tonneau à eau. L'animal, aussitôt, fit entendre une succession de jappements et, le nez sur le sol, la queue en l'air, démarra à une allure qui tendait sa laisse et nous faisait marcher aussi vite que possible.

L'orient avait peu à peu blanchi et nous pouvions voir à quelque distance, dans la lumière froide et grise. La maison trapue, massive, avec ses fenêtres noires et vides, ses murs hauts, s'élevait, triste et abandonnée derrière nous. Notre course nous conduisit tout droit à travers la propriété, dans les tranchées et les trous profonds. Tout le terrain, avec ses tas de décombres éparpillés, ses arbustes malingres, avait un aspect de mauvais augure qui s'harmonisait avec la sombre tragédie qui planait sur ce lieu.

Lorsque nous atteignîmes le mur d'enceinte, Toby courut

en le longeant, geignant d'impatience et, finalement, s'arrêta dans un coin, sous un jeune hêtre. Là où les deux murs se rejoignaient, plusieurs briques avaient été détachées et les crevasses créées ainsi dans le mur étaient usées et arrondies à la partie inférieure, comme si elles avaient souvent servi d'échelle. Holmes y grimpa et, recevant de moi le chien, il le laissa tomber de l'autre côté.

— Voici l'empreinte de la main de l'homme à la jambe de bois, remarqua-t-il quand je fus monté auprès de lui. On voit une légère tache de sang sur le plâtre blanc. Quelle chance que nous n'ayons pas eu une très lourde pluie depuis hier. L'odeur restera sur la route malgré les vingt-huit heures d'avance de l'homme.

J'avoue que j'avais des doutes, quand je réfléchissais au grand trafic qui avait passé sur la route de Londres pendant ce temps. Mes craintes, toutefois, furent vite calmées. Toby n'hésita pas, ne s'écarta pas, mais continua d'avancer en se dandinant. Clairement, l'odeur piquante de la créosote dominait de loin toutes les senteurs concurrentes.

— Ne pensez pas, dit Holmes, que ma réussite dans cette affaire dépend seulement du hasard qui a fait que l'un de ces individus a mis le pied sur ce produit chimique. J'en sais assez, à présent, pour pouvoir les situer de différentes et de nombreuses manières. Celle-ci, pourtant, est la plus prompte, et puisque la fortune l'a mise entre nos mains, je serais coupable si je la négligeais. Elle a, toutefois, empêché ce cas de devenir le joli petit problème intellectuel qu'il promettait d'être à un certain moment. On aurait pu en tirer quelque renom, mais cette piste est trop palpable.

— Du renom, il y en aura, il y en aura à revendre, dis-je. Je vous assure, Holmes, que je m'émerveille des moyens par quoi vous obtenez vos résultats dans le cas présent, même plus que je ne faisais dans l'assassinat de Jefferson Hope. Le mystère me paraît être bien plus profond, plus inexplicable. Comment, par exemple, avez-vous pu décrire avec une telle assurance l'homme à la jambe de bois ?

— Bah ! mon cher, c'était la simplicité même. Je ne veux pas faire du mélo ; tout est évident, clair comme le jour. Deux officiers qui sont commis à la garde des bagnards ont connaissance d'un secret important qui concerne un trésor enfoui. Un Anglais du nom de Jonathan Small dresse pour eux une carte. Vous vous rappelez que nous avons vu ce nom sur la carte en possession du capitaine Morstan. Il l'avait signée en son nom et au nom de ses associés : « Le Signe des Quatre », désignation choisie d'une façon assez dramatique. A l'aide de cette carte, les deux officiers — ou l'un d'eux — se procure le trésor et le ramène en Angleterre, laissant, nous le supposerons, non remplies quelques-unes des conditions en échange desquelles le plan leur avait été remis. Pourquoi Jonathan Small n'a-t-il pas pris le trésor lui-même ? La réponse est évidente. La carte est datée d'une époque où Morstan était en contact étroit avec les bagnards. Jonathan Small n'a pas pris le trésor parce que lui et ses associés étaient eux-mêmes bagnards et ne pouvaient s'en aller.

— Mais tout ceci n'est que pure spéculation, dis-je.

— C'est plus que cela. C'est la seule hypothèse qui couvre tous les faits. Voyons comme elle s'adapte à ce qui suit : le commandant Sholto vit en paix pendant quelques années, en possession de son trésor. Alors il reçoit une lettre des Indes qui lui cause une grande frayeur. Qu'était-ce que cette lettre ?

— Une lettre qui lui disait que l'homme qu'il avait lésé avait été remis en liberté.

— Ou qu'il s'était évadé, ce qui est bien plus vraisemblable, car Sholto aurait su à quelle époque ils étaient libérables. Ce n'eût pas été une surprise pour lui. Que fait-il alors ? Il se protège contre un homme unijambiste, un Blanc, faites-y attention, puisqu'il prend par erreur un commerçant blanc pour cet homme et tire bel et bien sur lui. Or, il n'y a sur la carte que le nom d'un seul Blanc. Les autres sont des hindous ou des musulmans. Il n'y a pas d'autre homme blanc. Nous pouvons donc dire en toute confiance que l'homme à la jambe de bois ne fait qu'un avec Jonathan Small. Ce raisonnement vous frappe-t-il comme étant défectueux ?

— Du tout, il est clair et précis.

— Maintenant, mettons-nous à la place de Jonathan Small. Voyons les choses de son point de vue. Il vient en Angleterre avec la double idée de reprendre ce qu'il considère comme lui appartenant et de se venger de l'homme qui l'a lésé. Il a trouvé où demeurait Sholto, et peut-être bien est-il entré en relations avec quelqu'un de la maison. Il y a le maître d'hôtel, Lal Rao, que nous n'avons pas vu, et madame Bernstone est loin de lui faire une bonne réputation. Small ne put toutefois découvrir où était le trésor, car personne ne le savait, sauf le commandant et un fidèle serviteur qui était mort. Un beau jour, Small apprend que le commandant va mourir. Furieux, de peur que le secret du trésor ne meure avec lui, il brave les gardiens, va jusqu'à la fenêtre de la chambre du mourant, et seule la présence de ses deux fils l'empêche d'entrer. Fou de haine cependant envers le mort, il entre cette nuit-là dans la chambre, fouille dans les papiers particuliers du défunt, avec l'espoir de découvrir une note quelconque se rapportant au trésor. Finalement il laisse un souvenir de sa visite sous forme d'un court griffonnage sur un morceau de papier. Sans doute avait-il décidé d'avance que, s'il tuait le commandant, il laisserait un témoignage de ce genre sur le cadavre pour indiquer que ce n'était pas là un assassinat vulgaire mais, du point de vue des quatre associés, quelque chose qui ressemblait à un acte de justice. Des idées fantasques et bizarres de ce genre sont assez communes dans les annales du crime, et fournissent d'ordinaire des renseignements précieux sur le criminel. Me suivez-vous toujours ?

— Très clairement.

— Or, que pouvait faire Jonathan Small ? Il ne pouvait que continuer de surveiller en secret les efforts faits pour trouver le trésor. Peut-être quitte-t-il l'Angleterre et n'y revient-il que de temps en temps. Alors survient la découverte du grenier, et il en est avisé sur-le-champ. Nous retrouvons la présence de quelque allié dans la maison. Jonathan, avec sa jambe de bois, ne peut en aucune façon parvenir à la chambre du grenier de Barthélemy Sholto. Il prend avec lui, toutefois, un associé assez sérieux qui triomphe de la difficulté, mais qui trempe son pied dans la créosote et de là découlent Toby et une marche de six milles imposée à un médecin-major en demi-solde, avec un tendon d'Achille blessé.

— Mais c'est l'associé, et non pas Jonathan, qui a commis le crime ?

— Exactement, et au grand déplaisir de Jonathan, à en juger par la façon dont il a marché, tapé du pied à droite et à gauche, quand il est entré. Il n'en voulait pas à Barthélemy Sholto, il aurait préféré le ligoter et le bâillonner. Il ne souhaite nullement avoir le cou pris un jour dans un nœud coulant. Il n'y peut rien, pourtant. Les instincts sauvages de son compagnon s'étaient réveillés, et le poison avait fait son œuvre. Alors Jonathan Small laissa la preuve de son passage, fit descendre jusqu'à terre la boîte au trésor, et prit le même chemin. C'est là la suite des événements, autant que je peux les déchiffrer. Il va de soi que, pour son aspect physique, ce doit être un homme entre deux âges, hâlé, puisqu'il a fait sa peine aux îles Andaman, cet enfer. Il est facile de calculer sa taille par la longueur de ses enjambées ; nous savons, d'autre part, qu'il était barbu. Sa barbe, ses cheveux, sont les seules choses qui aient fait impression sur Thaddée Sholto quand il l'a vu à la fenêtre. Je ne sache pas qu'il y ait rien d'autre.

— L'associé ?

— Il n'y a pas là grand mystère, mais vous saurez bientôt tout ce qui le concerne. Que l'air du matin est doux ! Voyez, ce petit nuage qui flotte, on dirait une plume rose arrachée à quelque énorme flamant. Maintenant, le rouge contour du soleil se montre au-dessus des nuages qui couvrent Londres. Il brille sur bien des gens, mais je parierais qu'il ne brille sur aucune personne occupée d'une mission plus étrange que la nôtre. Vous avez un revolver, hein ?

— J'ai mon bâton.

— Il est bien possible que nous ayons besoin de quelque chose de ce genre si nous arrivons à leur repaire. Je vous laisserai Jonathan, mais si l'autre est désagréable, je l'abats.

Tout en parlant, il prit son revolver, y glissa deux cartouches, et le remit dans la poche droite de son veston.

Nous avions pendant ce temps suivi Toby le long de routes bordées de villas, qui conduisent à la capitale. Maintenant, nous arrivions dans des rues qui se suivaient, où des ouvriers, des dockers, étaient déjà en mouvement, où des femmes mal vêtues ouvraient les volets, nettoyaient les marches des perrons. Dans les bars, les affaires recommençaient et des hommes à l'aspect rude en sortaient, se passant la manche sur leur barbe après leur rafraîchissement matinal. D'étranges chiens flânaient çà et là qui nous regardaient passer, étonnés, mais notre inimitable Toby ne regardait ni à droite ni à gauche. Il trottait toujours, le nez au sol, poussant parfois un glapissement, qui dénotait que la piste était brûlante.

Nous avions traversé Streatham, Brixton, Camberwell, et maintenant nous nous trouvions à Kennington Lane. Les hommes que nous poursuivions semblaient avoir pris une route curieusement en zigzag, sans doute afin de ne pas se faire remarquer. Ils n'avaient pas une fois suivi la grand-route si une voie parallèle moins fréquentée pouvait leur servir. Au bas de Kennington Lane, ils avaient incliné à gauche à travers Bond Street et Miles Street. A l'endroit où cette dernière rue tourne dans Knight's Place, Toby s'arrêta, puis courut de l'avant, revint en arrière, une oreille dressée, l'autre pendante, l'image même de l'indécision canine. Plusieurs fois, il tourna en cercle, nous regardant de temps en temps, comme si, dans son embarras, il nous demandait notre sympathie.

— Que diable a donc ce chien ? grogna Holmes. Ils n'ont sûrement pas pris une voiture, et ils ne sont pas partis en ballon.

— Peut-être sont-ils restés là quelque temps.

— Ah ! Ça va bien, le voilà reparti, dit mon compagnon, que l'on sentait soulagé.

Le chien était reparti, en effet ; après avoir reniflé encore çà et là, il s'était soudain décidé, et s'en allait avec une énergie et une résolution qu'il n'avait pas encore déployées. La piste semblait être beaucoup plus forte qu'auparavant, car il ne flairait plus le sol, mais tirait fortement sur sa laisse et tentait même de courir. Au regard brillant de Sherlock Holmes, je comprenais qu'il nous croyait près du but de notre expédition.

Notre course nous menait à présent par Nine Elms jusqu'à Broderick et au grand chantier Nelson, juste à côté de la taverne de l'Aigle Blanc. Mais le chien, excité, comme fou, tourna et entra dans le vaste enclos, où les scieurs de long étaient déjà au travail, par la porte latérale. Le chien courait toujours à travers la sciure et les copeaux, suivait une allée, prenait un couloir formé par deux grandes piles de bois et, enfin, sautait en aboyant triomphalement sur un grand tonneau, encore chargé sur le camion qui l'avait amené là. La langue pendante, les yeux clignotants, Toby se dressait sur la futaille, nous regardant l'un après l'autre comme s'il attendait notre jugement. Les douves du tonneau et les roues du camion étaient barbouillées d'un liquide noirâtre et l'air ambiant était lourd de l'odeur de la créosote.

Sherlock et moi, nous nous regardions, décontenancés, puis tous deux en même temps, nous éclatâmes d'un rire inextinguible.

8

LES INDÉPENDANTS DE BAKER STREET

— Et maintenant, demandai-je, Toby a perdu sa réputation d'infaillibilité.

— Il a agi suivant ce qu'on lui demandait, dit Holmes en le descendant du tonneau et en le conduisant hors du chantier. Si vous considérez combien de créosote on transporte tous les jours dans Londres, il n'est pas étonnant que notre piste ait été brouillée. On l'emploie beaucoup, à présent, surtout pour l'apprêt du bois. Le pauvre Toby n'est pas à blâmer.

— Je suppose qu'il nous faut reprendre la bonne piste.

— Oui. Heureusement, nous n'avons pas grand chemin à faire. Evidemment, ce qui a embarrassé le chien au coin de Knight's Place, ce fut qu'il y avait deux pistes différentes, allant dans des directions opposées. Nous avons pris la mauvaise, il ne nous reste plus qu'à suivre l'autre.

Cela n'offrait aucune difficulté. En conduisant Toby à l'endroit où il avait fait son erreur, il s'élança dans une nouvelle direction.

— Nous devons prendre soin, dis-je, qu'il ne nous mène pas à présent à l'endroit d'où est venu le tonneau de créosote.

— J'y ai pensé ; mais vous remarquez qu'il reste sur le trottoir, tandis que le tonneau a pris la chaussée. Non, nous sommes maintenant sur la bonne piste.

Elle nous menait vers la rivière, courant à travers Belmont Place et Prince's Street. A l'extrémité de Broad Street, elle descendait vers le bord de l'eau, où se trouvait un petit quai en bois. Toby nous mena tout à fait au bout de ce quai et se tint là, jappant doucement et regardant le courant sombre.

— Nous n'avons pas de veine, dit Holmes. Ils ont pris un bateau ici.

Plusieurs barques et esquifs flottaient çà et là, amarrés tout près du quai. Tour à tour, nous y menâmes Toby, mais bien qu'il flairât avec zèle, il ne donna aucun signe de satisfaction.

Tout près du débarcadère s'élevait une petite maison en briques, avec un panneau placé au travers de la seconde fenêtre portant en très grosses lettres « Mordecai Smith » et au-dessous « Location de bateaux à l'heure et à la journée ». Une seconde inscription au-dessus de la porte nous informait que la maison disposait d'une chaloupe à vapeur. Un gros sac de coke sur le quai confirmait cette déclaration. Sherlock Holmes jeta lentement un coup d'œil tout autour de nous, et son visage prit une expression de mauvais augure.

— Ça ne m'a pas l'air fameux, dit-il. Ces individus sont plus fins que je ne le supposais. Ils semblent avoir caché leur piste. Tout cela, j'en ai peur, a été combiné d'avance.

Il s'approchait de la porte quand elle s'ouvrit ; un petit garçon aux cheveux frisés et d'environ six ans sortit en courant, suivi d'une femme assez forte, la figure rouge, une éponge à la main.

— Reviens, que je te lave, Jacquot ! criait-elle. Reviens, petit diable ! Si ton père rentre et te trouve comme ça, nous en entendrons de belles.

— Cher petit bonhomme ! s'écria Holmes, fin stratège. Quel petit coquin avec ses joues roses ! Eh bien ! Jacquot, qu'est-ce que tu aimerais bien ?

L'enfant réfléchit un instant et dit :

— J'aimerais bien avoir un shilling.

— Il n'y a rien que tu aimerais mieux ?

— J'aimerais mieux deux shillings, répondit le jeune prodige après être resté songeur un instant.

— Eh bien, attrape alors ! Attrape !... Bel enfant, madame Smith !

— Seigneur, que Dieu vous bénisse, monsieur, oui c'est vrai ! Et précoce, avec ça. Il l'est presque trop pour moi et je n'en suis plus maîtresse, surtout quand son père est absent et parfois des jours d'affilée.

— Il est absent, fit Holmes, comme déçu. Je regrette de l'apprendre, car je voulais parler à monsieur Smith.

— Il est parti depuis hier matin, monsieur, et pour dire la vérité je commence à avoir peur pour lui. Mais si c'était pour un bateau, monsieur, je pourrais le remplacer.

— Je voulais louer sa chaloupe à vapeur.

— Ah ! C'est justement dans la chaloupe qu'il est parti. Et c'est ça qui m'embête... Elle n'a pas plus de charbon qu'il n'en faut pour aller à Woolwich et revenir. S'il était parti dans la barque, je n'y penserais pas, car c'est souvent qu'une besogne quelconque l'a mené jusqu'à Gravesend, et quand il a affaire là-bas, il ne rentre pas. Mais à quoi peut servir une chaloupe à vapeur sans charbon ?

— Il a pu en acheter quelque part, en descendant la rivière.

— Il aurait pu, monsieur, mais ce n'est pas son habitude. Maintes fois, je l'ai entendu crier contre le prix qu'on demande pour quelques sacs. En outre, je n'aime pas cet homme à la jambe de bois, avec sa sale face et son jargon étranger. Et qu'est-ce qu'il a besoin d'être toujours par ici ?

— Un homme à la jambe de bois ? dit Holmes, surpris et débonnaire.

— Oui, monsieur, un gars à la figure de singe, toute brune, qui, plus d'une fois, est venu demander mon vieux. C'est lui qui l'a réveillé, l'autre nuit, et, bien mieux, mon homme savait qu'il allait venir, puisqu'il avait gardé la chaloupe sous pression. Je vous le dis carrément, monsieur, je ne suis pas tranquille pour ça.

— Mais, ma chère madame Smith, dit Holmes haussant les épaules, vous avez peur pour rien. Comment pouvez-vous dire que c'est cet homme qui est venu la nuit ? Je ne vois pas comment vous pouvez en être sûre.

— Sa voix, monsieur, je connais sa voix. On dirait qu'elle est épaisse et embrumée. Il a tapé à la fenêtre, il pouvait être à peu près trois heures : « Dépêche-toi, qu'il a dit à mon vieux, il est temps de prendre la garde ! » Mon homme a réveillé Jim, mon aîné, et ils sont partis sans même me dire un seul mot. J'ai entendu la jambe de bois qui claquait sur le pavé.

— Et cet homme était seul ?

— Ça, je ne saurais vous dire, monsieur. Pour sûr, je n'ai entendu personne d'autre.

— Je suis désolé, madame Smith. Je voulais une chaloupe

à vapeur, et j'ai entendu dire grand bien de la... Voyons ! Quel est donc son nom ?

— L'*Aurore*, monsieur.

— Ah ! oui. C'est bien cette vieille chaloupe grise avec une ligne jaune, une ligne très large.

— Non, en vérité. C'est une chaloupe aussi coquette que la plus belle qui soit sur la rivière. Elle vient d'être repeinte en noir, avec deux bandes rouges.

— Merci. J'espère que vous aurez bientôt des nouvelles de monsieur Smith. Je descends la rivière, et si j'aperçois l'*Aurore*, j'informerai votre mari que vous êtes inquiète. Une cheminée noire, avez-vous dit ?

— Noire, avec une bande blanche, monsieur.

— Bien sûr. Ce sont les côtés qui sont noirs. Au revoir, madame Smith. Watson, il y a là un batelier avec son bachot. Nous allons le prendre et traverser la rivière. La chose essentielle avec les gens de cette sorte, dit Holmes quand nous fûmes assis près du gouvernail de l'embarcation, c'est de ne jamais les laisser croire que les renseignements peuvent avoir pour vous la plus légère importance, ou bien ils se renferment comme une huître. Si vous les écoutez à regret, pour ainsi dire, vous avez des chances de savoir ce que vous voulez.

— Notre direction, maintenant, paraît assez claire.

— Que feriez-vous donc à présent ?

— Je louerais une chaloupe, et je descendrais la rivière sur la piste de l'*Aurore*.

— Ce serait là, mon cher, une tâche colossale. L'*Aurore* a pu s'arrêter à n'importe quel quai, des deux côtés de la rivière entre ici et Greenwich. Plus loin que le pont, il y a absolument un labyrinthe de débarcadères sur des milles de long. Il vous faudrait des jours et des jours pour les visiter tous, si vous vous y mettiez tout seul.

— Faisons appel à la police, alors ?

— Non, je contacterai probablement Athelney Jones à la dernière minute. Ce n'est pas un mauvais type et je ne voudrais pas lui nuire dans sa profession. Mais j'ai envie de continuer jusqu'à la fin tout seul maintenant que nous sommes allés si loin.

— Ne pourrions-nous mettre une annonce demandant des renseignements aux gardiens des quais ?

— De pis en pis. Nos hommes sauraient qu'on est sur leurs talons et ils quitteraient le pays. En tout état de cause, il est assez vraisemblable qu'ils le quitteront, mais tant qu'ils se sentiront complètement en sûreté, ils ne se presseront pas. L'énergie de Jones nous servira en cela, car sa manière de considérer ce cas se fera sûrement jour dans la presse quotidienne et les fuyards penseront que tout le monde suit une fausse piste.

— Qu'allons-nous faire? demandai-je alors que nous atterrissions près du pénitencier de Millbank.

— Nous allons prendre une voiture et rentrer. Ensuite nous déjeunerons et nous dormirons une heure. Il y a gros à parier que nous aurons encore à circuler ce soir. Cocher, arrêtez-vous devant un bureau de poste. Nous garderons Toby, il pourra encore nous servir.

Nous nous arrêtâmes au bureau de poste de Great Peter Street, et Holmes envoya son télégramme.

— A qui croyez-vous que ce télégramme est adressé?

— Je n'en ai pas la moindre idée.

— Vous vous rappelez l'escouade de la police spéciale de Baker Street que j'ai employée dans le cas de Jefferson Hope?

— Oui, dis-je en riant.

— C'est bien le cas type où ils seront inappréciables. S'ils échouent, j'aurai d'autres ressources, mais je veux les essayer d'abord. Ce télégramme est adressé à mon petit lieutenant, Wiggins, et je compte que lui-même et sa bande seront avec nous avant que nous ayons fini de déjeuner.

Il était entre huit et neuf heures, et j'avais conscience d'une forte réaction après les émotions successives de la nuit. J'étais courbatu et las, et ma pensée était confuse. Je n'avais pas l'entraînement professionnel qui soutenait mon compagnon, et je ne pouvais pas non plus considérer l'affaire comme un simple problème intellectuel. Pour ce qui était de la mort de Barthélemy Sholto, je n'avais entendu dire que peu de bien de l'homme et je ne pouvais éprouver une grande antipathie pour ses assassins. Quant au trésor, c'était autre chose. Il appartenait, en partie tout au moins, légitimement à mademoiselle Morstan. Aussi longtemps qu'il y avait une chance de le recouvrer, j'étais prêt à consacrer ma vie à cet unique objet. A vrai dire, si je le retrouvais, il la placerait à jamais hors de ma portée ; pourtant ce ne serait qu'un amour mesquin et égoïste, que celui qu'influencerait une telle pensée. Si Holmes pouvait travailler à la capture des assassins, j'avais, moi, un motif dix fois plus fort de trouver le trésor.

A Baker Street, après m'être baigné et avoir changé de vêtements, je me sentis merveilleusement rafraîchi. Quand je descendis, je trouvai le déjeuner servi et Holmes versait le café.

— Et voici, dit-il en me montrant un journal ouvert. L'énergique Jones et l'inévitable reporter ont réglé ça à eux deux. Mais vous en avez assez de cette affaire. Prenez d'abord vos œufs au jambon.

Je pris le journal et lus le court article qui était intitulé : UNE MYSTÉRIEUSE AFFAIRE À UPPER NORWOOD.

« Hier, vers minuit », disait le *Standard*, « monsieur Barthélemy Sholto, de Pondichery Lodge, Upper Norwood, a été trouvé mort dans sa chambre, dans des circonstances qui paraissent assez suspectes.

« A notre connaissance, aucune trace de violence n'a été relevée sur la personne de monsieur Sholto, mais on a emporté une collection précieuse de perles hindoues, que le défunt tenait de son père. La découverte du crime fut faite par monsieur Sherlock Holmes et le docteur Watson qui étaient venus en visite avec monsieur Thaddée Sholto, frère du défunt. Par un hasard heureux, monsieur Athelney Jones, le membre bien connu de Scotland Yard, se trouvait au commissariat de police de Norwood, et fut sur les lieux moins d'une demi-heure après que l'alarme eut été donnée. Son expérience et ses dons notoires furent tout de suite appliqués à la découverte des criminels, avec le résultat satisfaisant que le frère de la victime a déjà été arrêté, en même temps que la gouvernante, madame Bernstone, le maître d'hôtel hindou, du nom de Lal Rao, et un portier nommé Mac Murdo. Il n'est pas douteux que le ou les voleurs connaissaient bien la maison, car les connaissances techniques de monsieur Jones et ses dons d'observation lui ont permis de prouver de manière concluante que les malfaiteurs n'ont pu entrer ni par la fenêtre ni par la porte, mais qu'ils durent pénétrer à l'intérieur par le toit du bâtiment et une trappe donnant dans une chambre qui communique avec celle où l'on a trouvé le cadavre. Ce fait nettement établi prouve de façon convaincante que ce n'est pas là un cambriolage fortuit. L'action rapide et énergique des officiers de police montre le grand avantage de la présence sur les lieux, en de telles circonstances, d'un esprit capable et vigoureux. Nous ne pouvons que penser que c'est là un argument pour ceux qui désirent voir nos forces policières décentralisées et ainsi mises en contact plus étroit et plus efficace avec les affaires qu'elles ont à débrouiller. »

— N'est-ce pas splendide ? dit Holmes. Qu'est-ce que vous en pensez ? et il riait tout en dégustant son café.

— Je pense que nous l'avons nous-mêmes échappé belle de n'être pas arrêtés pour ce crime.

— Moi aussi ; mais je ne répondrais pas que nous ne le serions pas si Jones avait une autre crise d'énergie !

A ce moment, il y eut un grand coup de sonnette, et je pus entendre madame Hudson, notre hôtesse, élevant la voix et paraissant à la fois avoir peur, se plaindre et implorer.

— Bon Dieu ! Holmes, dis-je en me levant à moitié, je crois bien que les voilà qui nous cherchent.

— Non, ce n'est pas tout à fait ça. Je reconnais ma police auxiliaire. Ce sont les indépendants de Baker Street.

Comme il parlait, j'entendais des pieds nus qui glissaient sur les marches de l'escalier, une cacophonie de voix bruyantes, et soudain se précipitaient dans la pièce une douzaine de galopins des rues, sales et déguenillés. Malgré cette entrée tumultueuse, il y avait pourtant quelque discipline parmi eux, car ils s'alignèrent tout de suite, nous faisant face, attentifs. L'un d'entre eux, plus vieux et plus grand que les autres, s'avança avec un air de nonchalante supériorité, qui était fort drôle chez ce jeune garçon aussi peu engageant qu'un épouvantail.

— Bien reçu votre message, monsieur, dit-il, et je les ai amenés tout de suite. Quatre shillings pour les billets.

— Voici, dit Holmes, sortant quelques pièces. A l'avenir, ils pourront vous faire leur rapport, Wiggins, et vous m'en rendrez compte. Je ne veux pas que la maison soit envahie ainsi. Toutefois, il est bon, puisque vous êtes tous là, que vous entendiez mes instructions. J'ai besoin de savoir ce qu'est devenue une chaloupe à vapeur appelée l'*Aurore*, propriétaire Mordecai Smith, noire avec deux raies rouges, cheminée noire avec une bande blanche. Elle est quelque part en descendant la rivière. Je veux que l'un de vous soit au débarcadère de Mordecai Smith en face de Millbank pour me faire savoir si le bateau revient. Il faudra vous séparer et inspecter les deux rives à fond. Qu'on m'informe dès qu'on saura quelque chose. Tout cela est-il clair ?

— Oui, patron, dit Wiggins.

— Toujours le même tarif, et une guinée à celui qui découvre la chaloupe. Voici une journée d'avance, et maintenant, filez !

Il leur remit à chacun un shilling. Ils descendirent l'escalier en bourdonnant, et je les vis bientôt s'écouler dans la rue.

— Si la chaloupe est au-dessus de l'eau, ils la trouveront, dit Holmes en se levant de table et en allumant sa pipe. Ils peuvent aller partout, tout voir, tout entendre. J'espère apprendre, avant ce soir, qu'ils l'ont découverte. Nous ne pouvons, cependant, qu'attendre les résultats. Nous ne pourrons reprendre la piste perdue tant que nous n'aurons pas trouvé ou l'*Aurore* ou monsieur Mordecai Smith.

— Toby va se régaler de nos restes, sans doute. Allez-vous vous coucher, Holmes ?

— Non, je ne suis pas fatigué ! J'ai une drôle de constitution. Je ne me rappelle pas m'être fatigué en travaillant, alors que l'oisiveté m'épuise complètement. Je vais fumer et réfléchir à cette étrange affaire que m'a présentée ma jolie cliente. Si jamais tâche fut facile, c'est la nôtre. Les unijambistes sont assez communs, mais l'autre homme, je crois, doit être absolument unique.

— Encore l'autre homme !

— Je ne souhaite nullement vous en faire un mystère. Mais vous devriez vous être fait une opinion à vous. Or, considérez les données. De toutes petites empreintes de pieds, des orteils qui n'ont jamais été serrés par des souliers, des pieds nus, une massue en bois avec une tête de pierre, une très grande agilité, des petites flèches empoisonnées. Qu'est-ce que tout cela vous suggère ?

— Un sauvage ! m'écriai-je. Peut-être un de ces hindous qui furent les associés de Jonathan Small.

— Pas du tout, dit-il. Quand tout d'abord j'ai vu les traces de ces armes étranges, j'ai été porté à penser comme vous ; mais la caractéristique remarquable des empreintes m'a fait reconsidérer mon opinion. Quelques-uns des habitants de l'Inde sont des hommes petits, mais il n'y en a point qui auraient pu laisser de telles empreintes. L'hindou proprement dit a les pieds longs et minces. Les mahométans, qui portent des sandales, ont le gros orteil bien séparé des autres parce que généralement ils y passent la lanière. Ces flèches minuscules, aussi, ne sauraient être lancées que d'une seule manière, à l'aide d'une sarbacane. Cela posé, où devons-nous trouver notre sauvage ?

— En Amérique du Sud ? hasardai-je.

Il tendit la main et, sur un rayon, prit un assez gros volume.

— Voici le premier volume d'une encyclopédie en voie de publication. On peut la considérer comme la toute dernière autorité. Qu'avons-nous là ? « Iles Andaman, situées à 140 milles au nord de Sumatra, dans le golfe du Bengale. » Hum ! Qu'est-ce que cela ? « Climat humide, requins, récifs de corail, bagne pénitencier. » Ah ! m'y voici : « Les indigènes des îles Andaman peuvent peut-être revendiquer l'apanage d'être la race la plus petite de la terre, quoique quelques anthropologues préfèrent citer les Bushmen d'Afrique, les Indiens Diggers d'Amérique, et les Fuégiens. Leur taille est en moyenne de quatre pieds, bien que l'on trouve bon nombre d'hommes adultes qui sont fort au-dessous de cette moyenne. C'est une peuplade féroce et intraitable, néanmoins capable de former des amitiés très dévouées quand on a gagné leur confiance. » Remarquez bien cela, Watson, et écoutez la suite : « Ils sont naturellement hideux, avec leurs têtes mal formées, très grosses, les yeux sont petits, méchants, et leurs traits tourmentés. Leurs pieds et leurs mains, toutefois, sont d'une petitesse remarquable. Ils sont si intraitables, si féroces, que les fonctionnaires anglais n'ont jamais réussi à les faire collaborer. Ils ont toujours été la terreur des équipages naufragés, décervelant les survivants avec leurs bâtons à tête de pierre. Ces massacres se terminent, en général, par un festin de cannibales. » Des gens aimables et doux, Watson. Si cet individu avait été abandonné à lui-même, l'affaire aurait pu prendre une tournure encore plus hideuse. En tout état de cause, j'imagine que Jonathan Small aurait bien préféré ne pas se servir de lui.

— Et comment en est-il venu à se donner un compagnon aussi étrange ?

— Ah ! c'est plus que je ne peux vous dire, mais puisque nous sommes convaincus que Small est venu des îles Andaman, il n'est pas étonnant que cet insulaire soit avec lui. Sans doute saurons-nous tout cela avec le temps. Mais Watson, vous m'avez l'air à bout de forces. Couchez-vous là, sur le canapé, et voyons si je peux vous endormir.

Il prit son violon dans un coin et, comme je m'étendais, il commença de jouer une mélodie basse, pleine de poésie, de sa composition sans doute, car il était remarquablement doué pour l'improvisation. J'ai un vague souvenir de ses mains maigres, de sa face grave, de son archet montant et descendant. Puis il me sembla que je flottais sur un océan d'harmonie, tranquillement, jusqu'au moment où je me trouvai dans un pays de rêve, avec le doux visage de mademoiselle Morstan qui se penchait sur moi.

9

LA CHAÎNE SE ROMPT

L'après-midi était fort avancé quand je me réveillai, reposé ; Sherlock Holmes était toujours assis, exactement comme je l'avais laissé, sauf qu'il avait mis son violon de côté, et qu'il était plongé dans un livre. Au mouvement que je fis, il me regarda, et je constatai que son visage était sombre et ennuyé.

— Vous avez dormi profondément, dit-il. J'ai eu peur que notre conversation ne vous éveillât.

— Je n'ai rien entendu. Avez-vous donc des nouvelles fraîches ?

— Je n'ai rien appris, malheureusement. J'avoue que je suis surpris et déçu. Je m'attendais à quelque chose de bien défini, à cette heure-ci. Wiggins vient de me faire son rapport. Il dit qu'on n'a pu trouver aucune trace de la chaloupe. C'est un contretemps ennuyeux, car chaque heure est importante.

— Puis-je faire quelque chose ? Je suis tout à fait reposé à présent, et tout prêt pour une autre sortie nocturne.

— Non, nous ne pouvons rien faire. Nous ne pouvons qu'attendre. Si nous y allons, un message peut venir en notre absence, et provoquer un retard. Vous pouvez faire ce qu'il vous plaira, mais je dois rester de garde.

— Alors, j'irai jusqu'à Camberwell rendre visite à madame Forrester. Elle m'en a prié hier.

— A madame Cecil Forrester ? interrogea-t-il avec un sourire malicieux dans les yeux.

— Eh bien ! A mademoiselle Morstan aussi, bien sûr. Elles étaient anxieuses de savoir ce qui arriverait.

— Ne leur en dites pas trop. On ne saurait faire entièrement confiance aux femmes, pas même aux meilleures d'entre elles.

Je ne m'arrêtai pas à discuter cette appréciation affligeante.

— Je reviendrai dans une heure ou deux.

— Ça va ! Bonne chance ! Mais, dites-moi, puisque vous passez de l'autre côté du fleuve, vous pouvez aussi bien reconduire Toby car, à mon avis, il n'est pas probable que nous en ayons encore besoin.

Je pris donc le chien, et je le laissai chez le vieux naturaliste de Pinchin Lane, en même temps qu'un demi-souverain. A Camberwell, je trouvai mademoiselle Morstan un peu fatiguée par ses aventures de la nuit, mais très anxieuse d'entendre les nouvelles. Madame Forrester aussi était pleine de curiosité. Je leur racontai tout ce que nous avions fait, en omettant toutefois les parties les plus terribles de la tragédie. Ainsi, après avoir parlé de la mort de monsieur Sholto, je ne dis rien de la manière exacte dont il avait été tué. En dépit de toutes mes omissions, pourtant, mon compte rendu comportait assez d'éléments pour les faire frémir.

— C'est une histoire romanesque ! s'écria madame Forrester, une dame qu'on a lésée, un trésor d'un demi-million de livres, un cannibale noir et un bandit à jambe de bois. Ces derniers remplacent le conventionnel dragon et le méchant baron.

— Et les deux chevaliers errants viennent à mon secours, ajouta mademoiselle Morstan en me jetant un regard plein de feu.

— Eh bien, Mary, votre fortune dépend maintenant de l'issue de ces recherches. Il me semble que vous n'en soyez pas surexcitée. Imaginez ce que ça doit être d'être si riche, et d'avoir le monde à ses pieds !

De remarquer qu'à cette perspective mademoiselle Morstan ne manifestait aucun enthousiasme fit courir dans mes veines un petit frisson de joie. Au contraire, elle agita la tête fièrement, comme si elle ne prenait que peu d'intérêt à tout cela.

— C'est pour monsieur Thaddée Sholto, dit-elle, que je suis inquiète. Rien d'autre n'a d'importance, mais je crois que d'un bout à l'autre sa conduite a été tout à fait bienveillante et très honorable. C'est notre devoir de le laver de cette terrible accusation sans fondement.

Le soir était venu quand je quittai Camberwell, et il faisait tout à fait nuit quand je rentrai à la maison. Le livre et la pipe de mon compagnon étaient près de sa chaise, mais lui-même avait disparu. Je regardai çà et là dans l'espoir de trouver un billet, mais il n'y en avait pas.

— Je suppose que monsieur Sherlock Holmes est sorti ? dis-je à madame Hudson quand elle monta pour abaisser les stores.

— Non, monsieur. Il est allé dans sa chambre. Savez-vous, monsieur (elle baissait la voix et ce n'était plus qu'un murmure impressionnant), que j'ai peur pour sa santé ?

— Comment cela, madame Hudson ?

— Eh ! Il est si étrange, monsieur. Après que vous êtes parti, il a arpenté la pièce au point que j'étais fatiguée de l'entendre aller et venir. Puis je l'ai entendu qui parlait tout seul, qui marmonnait, et chaque fois qu'on sonnait il venait sur le palier et criait :

"Qu'est-ce que c'est, madame Hudson ?"

« Après il a claqué sa porte, mais je peux l'entendre aller et venir dans sa chambre, comme tout à l'heure. Je me suis risquée à lui toucher deux mots d'une potion calmante, mais il s'est retourné sur moi avec un air tel que je ne sais pas comment je suis sortie de la chambre.

— Je ne pense pas, madame Hudson, que vous ayez aucune raison d'être inquiète. Je l'ai déjà vu comme cela. Il a quelque chose qui le tracasse et qui l'agite.

Je tentais d'en parler à la légère à la digne madame Hudson. Je me sentis moi-même un peu inquiet quand, toute la longue nuit, j'entendis encore le bruit de ses pas, et que je devinai à quel point son esprit ardent s'irritait de cette inaction involontaire.

A l'heure du déjeuner, il avait l'air usé, hagard, avec une petite rougeur de fièvre aux joues.

— Vous vous éreintez, mon vieux, lui dis-je. Je vous ai entendu marcher toute la nuit.

— Non, je ne pouvais pas dormir. Ce problème infernal me dévore. C'est trop fort d'être coincé par un obstacle aussi insignifiant, quand tout le reste a été débrouillé ! Je connais les hommes, la chaloupe, tout ce qui est important, et pourtant je n'ai pas de nouvelles. J'ai mis d'autres agences à l'œuvre, et j'ai employé tous les moyens dont je dispose.

La rivière a été entièrement fouillée, des deux côtés, mais on n'a rien obtenu et madame Smith n'a pas entendu parler de son mari. J'en arriverai bientôt à la conclusion qu'ils ont camouflé la chaloupe. Mais il y a des objections à cela.

— Ou que madame Smith nous a mis sur une fausse piste.

— Non. Je crois qu'on peut écarter cette supposition. J'ai pris des renseignements, il y a bien une chaloupe avec ces caractéristiques.

— Aurait-elle remonté la rivière ?

— J'ai considéré aussi cette possibilité, et il y a un groupe de chercheurs qui ira jusqu'à Richmond. Si rien de nouveau ne me parvient aujourd'hui, je partirai moi-même demain et je rechercherai les hommes plutôt que le bateau. Mais, à coup sûr, nous saurons quelque chose.

Nous n'apprîmes rien, pourtant. Pas un mot ne vint, soit de Wiggins, soit des autres agences. Il y avait, dans la plupart des journaux, des articles sur la tragédie de Norwood. Ils paraissaient tous être plutôt hostiles au malheureux Thaddée Sholto. Dans aucun, on ne trouvait de nouveaux détails, si ce n'est qu'une enquête judiciaire devait avoir lieu le lendemain. J'allai jusqu'à Camberwell dans la soirée pour informer ces dames de notre insuccès et, à mon retour, je trouvai Sherlock Holmes déprimé et assez morose. Il voulut à peine répondre à mes questions, et toute la soirée il s'occupa d'une analyse chimique délicate, qui impliquait le chauffage de nombreuses cornues et la distillation de vapeurs, ce qui finit par répandre dans la pièce une odeur qui m'en chassa bel et bien. Jusqu'au petit matin, je pus entendre distinctement le tintement de ses éprouvettes, qui m'annonçait qu'il était toujours occupé à ses expériences malodorantes.

— Je descends à la rivière, Watson, me dit-il. J'ai bien tourné et retourné ça dans ma tête, et je ne vois qu'un moyen d'en sortir. Ça vaut la peine d'essayer, en tout cas.

— Je peux sans doute aller avec vous ?

— Non, vous pouvez m'être beaucoup plus utile si vous voulez bien rester ici pour me représenter. Je m'en vais à contrecœur, car il y a de grandes chances pour qu'un message arrive dans la journée, quoique Wiggins fût déjà assez découragé hier soir. Je vous prie d'ouvrir toutes les lettres, tous les télégrammes, et d'agir suivant votre propre jugement si quelque nouvelle vous parvient. Puis-je compter sur vous ?

— Très certainement.

— J'ai peur que vous ne puissiez me télégraphier, car je peux difficilement vous dire où j'ai des chances d'être. Si je suis en veine pourtant, peut-être ne serai-je pas parti trop longtemps. D'une façon ou d'une autre, j'aurai des nouvelles avant de rentrer.

A l'heure du déjeuner, je n'avais rien appris le concernant. En ouvrant le *Standard*, cependant, je trouvai un prolongement à l'affaire.

« En ce qui concerne la tragédie d'Upper Norwood, nous avons des raisons de croire que cette affaire promet d'être plus compliquée et plus mystérieuse qu'on ne le supposait d'abord. De nouveaux témoignages ont montré qu'il est tout à fait impossible que monsieur Thaddée Sholto ait pu y être impliqué d'une façon quelconque. Lui et la gouvernante, madame Bernstone, ont été tous deux remis en liberté hier soir. On croit toutefois que la police est sur la piste des vrais coupables, piste suivie par monsieur Athelney Jones, de Scotland Yard, avec toute l'énergie et la sagacité qu'on lui connaît. On doit s'attendre, à tout moment, à d'autres arrestations. »

— C'est assez satisfaisant jusqu'ici, pensai-je. L'ami Sholto s'en tire, en tout cas. Je me demande ce que peut être la nouvelle piste, bien que cela semble une formule stéréotypée toutes les fois que la police a fait une gaffe.

Je jetais le journal sur la table quand mon regard tomba sur une annonce dans la « Petite Correspondance » :

« PERDU : Attendu que Mordecai Smith, batelier, et son fils Jim ont quitté le quai de Smith vers trois heures du matin mardi dernier dans la chaloupe à vapeur l'*Aurore*, noire avec deux bandes rouges, cheminée noire à bande blanche, on paiera la somme de cinq livres à quiconque pourra donner des renseignements à madame Smith, au quai de Smith, ou à 221 Baker Street, concernant les déplacements dudit Mordecai Smith et l'endroit où se trouve la chaloupe *Aurore*. »

C'était là clairement ce qui se rapportait au travail de Sherlock. L'adresse de Baker Street le prouvait assez. Cela me parut plutôt ingénieux, car les fugitifs pouvaient lire cette annonce sans y voir autre chose que l'anxiété d'une femme pour son mari disparu.

Ce fut une longue journée. Chaque fois que l'on frappait à la porte de la maison, chaque fois que j'entendais monter l'escalier, je m'imaginais que c'était ou bien Holmes qui rentrait ou une réponse à son annonce. Je tentais de lire, mais mes pensées vagabondes s'échappaient vers notre étrange enquête, vers ces deux canailles mal assorties que nous poursuivions. Y avait-il, me demandais-je, quelque faille radicale dans le raisonnement de mon compagnon ? Ne souffrait-il pas de quelque énorme erreur, par sa propre faute ? N'était-il pas possible que son esprit subtil et spéculatif eût bâti cette théorie fantastique sur de fausses prémisses ? Je ne l'avais jamais vu avoir tort, et pourtant le logicien le plus pénétrant peut parfois se tromper. Il était vraisemblable, pensais-je, qu'il tombât dans l'erreur par un raffinement exagéré de sa logique, préférant une explication subtile et bizarre, alors qu'une autre plus simple, plus terre à terre s'offrait à lui. D'autre part j'avais vu moi-même l'évidence des preuves et observé sa méthode déductive. Quand je me rappelais la longue chaîne de circonstances curieuses, plusieurs d'entre elles, banales en elles-mêmes, mais tendant toutes dans la même direction, je ne pouvais me dissimuler à moi-même que si l'explication de Holmes était erronée, la vraie solution devait être également étonnante, voire extraordinaire.

A trois heures de l'après-midi, la sonnette retentit bruyamment. J'entendis dans le vestibule une voix autoritaire et, à ma grande surprise, je découvris monsieur Athelney Jones qui se présenta à moi. Il ne ressemblait guère, pourtant, au professeur de sens commun, brusque et supérieur, qui avait pris en charge l'affaire d'Upper Norwood. Il arborait un air abattu, montrait une affabilité inhabituelle, et l'on eût dit qu'il s'excusait.

— Bonjour, monsieur ; monsieur Sherlock Holmes est sorti, je crois.

— Oui, et je ne suis pas sûr de l'heure à laquelle il reviendra. Mais peut-être désirez-vous l'attendre ? Prenez cette chaise et goûtez un de ces cigares.

— Je vous remercie. J'ai le temps.

Il s'essuyait le visage avec un grand mouchoir de poche.

— Un whisky ?

— Merci, juste un demi-verre. Il fait très chaud pour la

saison, et pas mal de choses m'ont ennuyé et fatigué. Vous connaissez ma théorie concernant l'affaire de Norwood?

— Je me souviens que vous en avez exposé une.

— J'ai dû la réviser. J'avais étroitement resserré mon filet autour de monsieur Sholto, et ne voilà-t-il pas qu'il passe par un trou au beau milieu. Depuis le moment où il a quitté son frère, il y a des gens qui l'ont vu à plusieurs reprises. Ce n'est donc pas lui qui a pu monter sur le toit et passer par la trappe. C'est une affaire très obscure, et mon renom professionnel est en jeu. Je serais très heureux d'être un peu aidé.

— Nous avons tous besoin d'aide, parfois.

— Votre ami, monsieur Sherlock Holmes, est un homme étonnant, continua-t-il d'un ton bas et confidentiel. C'est un homme qu'on ne peut battre. J'ai vu cet homme, jeune encore, étudier bien des affaires, mais je n'en connais pas une sur laquelle il n'ait pu jeter quelque lumière. Il est peu conformiste dans ses méthodes, un peu prompt à sauter sur des théories mais, somme toute, je crois qu'il aurait fait un officier de police plein d'avenir, et je ne me cache pas pour le dire. J'ai reçu ce matin un télégramme de lui, qui me donne à comprendre qu'il tient une piste dans l'affaire Sholto. Le voici.

Il tira le télégramme de sa poche et me le passa. Il était daté de Poplar à midi, et disait:

« Allez tout de suite à Baker Street. Si je ne suis pas encore rentré, attendez-moi. Je suis sur les talons de la bande Sholto. Vous pourrez venir avec nous ce soir, si cela vous plaît, pour assister au dénouement. »

— Voilà qui promet; il a évidemment retrouvé la piste, dis-je.

— Ah! Il a donc été en défaut lui aussi! s'écria Jones, manifestement satisfait. Même les meilleurs d'entre nous se perdent quelquefois. Naturellement, ça peut être encore une fausse alerte. Mais c'est mon devoir en tant qu'officier de police de ne laisser échapper aucune chance. Mais quelqu'un vient. C'est peut-être lui.

On entendait un pas lourd dans l'escalier, une respiration bruyante, sifflante, celle d'un individu qui avait bien de la peine à souffler. Une fois ou deux, il s'arrêta comme si la montée était trop dure pour lui mais, à la fin, il arriva à notre porte et entra. Son aspect correspondait aux bruits que nous avions entendus. C'était un homme âgé, vêtu comme un matelot d'une vieille jaquette boutonnée jusqu'au cou. Le dos était voûté, les genoux vacillants, la respiration était pénible et asthmatique. Tandis qu'il s'appuyait sur un gros gourdin en chêne, ses épaules se levaient dans l'effort qu'il faisait pour aspirer l'air dans ses poumons. Il avait un gros cache-nez de couleur autour du cou, et je ne voyais guère de son visage qu'une paire d'yeux noirs et vifs qu'ombrageaient des sourcils blancs et touffus. Il portait aussi de longs favoris gris. Dans l'ensemble, il me donnait l'impression d'un respectable maître marinier, écrasé par les ans et la pauvreté.

— Qu'est-ce que c'est, mon brave?

Il jeta un regard circulaire dans la chambre, à la façon méthodique des vieillards.

— Monsieur Sherlock Holmes est-il ici?

— Non, mais je le remplace. Vous pouvez me confier tout message que vous auriez pour lui.

— C'était à lui-même que je voulais le dire.

— Mais je vous répète que je le remplace. Etait-ce à propos du bateau de Mordecai Smith?

— Oui; j'sais bien où il est, et j'sais où sont les hommes qu'il cherche. Et j'sais où est le trésor, j'sais tout.

— Alors dites-le-moi, et je lui transmettrai.

— C'est à lui que j'voulais le dire, répéta-t-il, obstiné.

— Alors, il vous faut l'attendre!

— Non, je ne vais pas perdre une journée pour faire plaisir à quelqu'un. Si monsieur Holmes n'est pas ici, alors il devra trouver ça tout seul. Et puis, je n'aime pas votre air à tous les deux, et je ne veux pas dire un mot.

Et, traînant les pieds, il se dirigea vers la porte, mais Jones se plaça en face de lui.

— Attendez un peu, mon ami. Vous avez des renseignements importants, et vous ne vous en irez pas. Nous vous garderons, bon gré mal gré, jusqu'à ce que notre ami revienne.

Le vieillard s'avança rapidement vers la porte, mais quand Jones y appuya son large dos, il reconnut l'inutilité de toute résistance.

— Jolie façon de traiter les gens! cria-t-il en tapant son

bâton sur le plancher. Je viens ici pour voir un gentleman et vous deux que je n'ai jamais vus de ma vie, vous m'saisissez et vous m'traitez comme ça !

— Vous ne vous en porterez pas plus mal, dis-je. Nous vous paierons votre journée perdue. Asseyez-vous là, sur le canapé. Vous n'aurez pas à attendre longtemps.

L'air grognon, il revint et s'assit, la tête reposant sur ses mains. Jones et moi nous reprîmes nos cigares et notre conversation. Soudain, la voix d'Holmes éclata :

— Tout de même, vous pourriez bien m'offrir un cigare !

Nous sursautâmes sur nos chaises. Holmes était assis près de nous, avec un air de doux amusement.

— Holmes ! m'écriai-je. Vous ici ! Mais où est le vieillard ?

— Le voici, dit-il, tenant en main un tas de cheveux blancs. Tout y est : perruque, favoris, sourcils... Je pensais que mon déguisement n'était pas mauvais, mais je doutais qu'il supporte brillamment cette épreuve.

— Ah ! Coquin ! s'écria Jones, enchanté. Vous auriez fait un acteur, et un rare !... Vous avez bien la toux rauque des vieux de l'asile et ces jambes flageolantes qui vous portaient valent bien dix livres par semaine. Tout de même, je croyais bien reconnaître l'éclat de vos yeux. Vous ne nous avez pas lâchés si facilement que ça, hein ?

— J'ai travaillé toute la journée sous ce déguisement. Il y a, vous le savez, beaucoup de gens dans le milieu des criminels qui commencent à me connaître, surtout depuis que notre ami, ici présent, s'est mis à publier quelques-unes de mes affaires. Aussi, je ne peux partir sur le sentier de la guerre que sous quelque simple accoutrement comme celui-ci. Vous avez eu mon télégramme ?

— Oui, c'est ce qui m'a amené ici.

— Et comment votre affaire a-t-elle marché ?

— Il n'en est rien sorti. J'ai dû relâcher deux de mes prisonniers. Il n'y a aucune preuve contre les deux autres.

— Ne vous en faites pas. Nous vous en donnerons deux autres à leur place, mais vous devrez suivre mes instructions. Je vous cède volontiers tout l'honneur officiel du succès, mais vous devrez agir suivant mes directives. Est-ce convenu ?

— Absolument, si vous voulez m'aider à prendre les coupables.

— Eh bien, il faudra donc tout d'abord qu'un bateau de la police, rapide, une chaloupe à vapeur, se trouve aux escaliers de Westminster, à sept heures, ce soir.

— C'est facile à arranger. Il y en a toujours une par là, mais je pourrais traverser la rue et téléphoner, pour en être sûr.

— Puis, il me faudra deux hommes vigoureux, en cas de résistance.

— Il y en aura deux ou trois dans le bateau. Quoi d'autre ?

— Quand nous capturerons les hommes, j'aurai le trésor. Je crois que ce serait un plaisir pour mon ami ici présent d'apporter cette boîte à la jeune dame à qui revient légalement la moitié du contenu ; afin qu'elle soit la première à l'ouvrir. Hein, Watson ?

— Ce serait pour moi un grand plaisir.

— C'est une façon de procéder assez irrégulière, dit Jones en branlant la tête. Toutefois, comme rien n'est régulier dans cette affaire, je suppose que nous devrons fermer les yeux. Le trésor, plus tard, sera remis aux autorités jusqu'à la conclusion de l'enquête officielle.

— Certainement. Un autre point : j'aimerais fort avoir quelques détails sur cette affaire de la bouche même de Jonathan Small. Vous savez que je tiens à connaître à fond les détails de mes enquêtes. Y aurait-il une objection à ce que j'aie avec lui une entrevue non officielle, soit ici, dans mon appartement, soit n'importe où, pourvu qu'il soit surveillé de façon efficace ?

— Vous êtes maître de la situation. Je n'ai pas eu de preuves encore de l'existence de ce Jonathan Small. Toutefois, si vous le prenez, je ne vois pas comment je pourrais vous refuser une entrevue avec lui.

— C'est donc entendu ?

— Parfaitement. Quelque chose d'autre encore ?

— Seulement ceci : j'insiste pour que vous dîniez avec nous. Ce sera prêt dans une demi-heure. J'ai des huîtres et une paire de grouses, avec un bon petit choix de vins blancs. Watson, vous n'avez encore jamais reconnu mes mérites de maître de maison.

10

LA FIN DE L'INSULAIRE

Notre repas fut joyeux. Holmes était un causeur remarquable quand il le voulait, et ce soir-là il le voulut. Il paraissait être dans un état d'intense exaltation nerveuse. Je ne l'avais jamais vu aussi brillant. Il aborda successivement divers sujets : les mystères du Moyen Age, la poterie médiévale, les violons de Stradivarius, le bouddhisme à Ceylan, les vaisseaux de guerre de l'avenir, traitant chacun d'eux comme s'il en avait fait une étude approfondie. Son humour pétillant marquait la réaction qui suivait la sombre dépression des jours précédents. Athelney Jones se montra un être sociable en ces heures de délassement, se comportant pendant le dîner comme un bon vivant. Quant à moi, je me sentais exalté à la pensée que nous touchions à la fin de notre tâche et la gaiété de Holmes me gagnait. Aucun de nous ne fit allusion pendant le repas à la cause qui nous avait réunis.

Quand la table fut débarrassée, Holmes regarda sa montre et remplit nos trois verres de porto.

— Une rasade, dit-il. Au succès de notre petite expédition ! Et maintenant, il est grand temps que nous partions. Avez-vous un revolver ?

— J'ai mon vieux revolver d'ordonnance dans mon bureau.

— Vous feriez bien de le prendre. Mieux vaut être préparé. Je vois que la voiture est à la porte. Je l'ai commandée pour six heures et demie.

Quelques minutes après sept heures, nous arrivions au quai de Westminster où nous trouvions la chaloupe qui nous attendait. Holmes la regarda d'un œil critique.

— Y a-t-il quelque chose qui la signale comme étant un bateau de la police ?

— Oui, cette lanterne verte, sur le côté.

— Alors, enlevez-la !

Ce petit changement effectué, nous embarquâmes, et les cordes furent lâchées. Jones, Holmes et moi nous étions assis à l'arrière. Il y avait un homme au gouvernail, un autre s'occupait des machines, et deux solides inspecteurs de police se tenaient à l'avant.

— Où allons-nous ? demanda Jones.

— A la Tour. Dites-leur de s'arrêter en face du chantier de Jacobson.

Notre bateau était, de toute évidence, très rapide. Nous doublions de longues files de barques chargées aussi vite que si elles étaient immobiles. Holmes avait souri de plaisir lorsque nous avions dépassé un autre vapeur, que nous laissâmes derrière nous.

— Nous devrions être capables de rattraper n'importe quelle embarcation sur le fleuve, dit-il.

— C'est beaucoup dire, mais il y a peu de chaloupes qui puissent nous battre.

— Il nous faudra rattraper l'*Aurore*, et elle est renommée pour sa vitesse. Je vais maintenant vous expliquer où nous en sommes, Watson. Vous vous rappelez comme j'étais ennuyé d'être coincé par un détail aussi insignifiant.

— Oui.

— Eh bien ! J'ai donné à mon esprit un repos complet en me plongeant dans une analyse chimique. Un de nos plus grands hommes d'Etat a dit qu'un changement de travail est le meilleur repos. C'est vrai. Quand j'eus réussi à dissoudre l'hydrocarbone sur lequel je travaillais, je suis revenu au problème de Sholto, et je l'ai repensé tout entier. Mes gars avaient descendu et remonté la rivière sans résultat. La chaloupe ne se trouvait à aucun embarcadère, à aucun quai, et elle n'était pas revenue. Pourtant *ils* n'avaient guère pu la camoufler pour cacher leurs traces, bien que cela restât une hypothèse possible si tout le reste échouait. Je savais que ce Small n'était pas dénué d'une certaine dose de ruse commune, mais je ne pensais pas qu'il fût capable d'une finesse quelconque. C'est là, en général, le produit d'une culture plus raffinée. Je réfléchis alors que, puisqu'il avait vécu à

Londres quelque temps (nous en avions la preuve dans la surveillance qu'il a exercée sur Pondichery Lodge), il lui était difficile de disparaître presque sur-le-champ, et qu'il lui faudrait un certain temps, ne serait-ce qu'un jour, pour régler ses affaires. C'était là, en tout cas, la balance des probabilités.

— Faible balance, dis-je. Il est plus probable qu'il avait arrangé ses affaires avant d'entreprendre l'expédition.

— Non, j'ai peine à le croire. Cette tanière où il se cache lui serait une retraite trop appréciable, en cas de besoin, pour qu'il l'abandonnât avant d'être sûr de pouvoir s'en passer. Mais une seconde pensée me frappa. Jonathan Small a dû sentir que l'aspect particulier de son compagnon, de quelque vêtement qu'il le couvrît, donnerait lieu à des bavardages, et qu'on l'associerait peut-être à la tragédie de Norwood. Il était bien assez malin pour penser cela. Ils étaient donc partis de leur quartier général à la faveur de l'obscurité et ils devaient y rentrer avant qu'il fît grand jour. Or, il était trois heures passées, suivant madame Smith, quand ils ont pris le bateau. Il devait faire clair une heure plus tard ou à peu près. Par conséquent, ai-je pensé, ils ne sont pas allés bien loin. Ils ont payé Smith pour qu'il se taise, ils ont gardé la chaloupe pour la fuite finale, et ils se sont hâtés de regagner leur retraite avec la boîte au trésor. Quelques jours plus tard, lorsqu'ils auraient eu le temps de voir comment les journaux envisageaient l'affaire et si on les soupçonnait, ils se dirigeraient, sous le couvert de l'obscurité, vers un vaisseau quelconque, à Gravesend ou Downs, à bord duquel ils avaient déjà pris leurs dispositions pour passer en Amérique ou aux Colonies.

— Et la chaloupe ? Ils ne pouvaient pas la mener chez eux.

— Exactement. Je me suis dit que le bateau ne devait pas être bien loin. Je me suis mis alors à la place de Small, et j'ai considéré la chose comme un homme de son intelligence devait le faire. Probablement il penserait que renvoyer la chaloupe ou l'amarrer à un quai rendrait la poursuite facile si, par hasard, la police se trouvait sur leur piste. Comment, dans ce cas, pouvait-il cacher la chaloupe et pourtant l'avoir à sa disposition quand il en aurait besoin ? Je me suis demandé ce que j'aurais fait moi-même à sa place. Je ne pouvais penser qu'à une chose : j'aurais remis la chaloupe à un constructeur ou à un réparateur, en lui commandant d'y faire quelque changement insignifiant. Elle serait ainsi dans un chantier, sous un abri et bien cachée, et pourrait cependant être à ma disposition en quelques heures.

— Cela me semble assez simple.

— Ce sont justement ces choses très simples que l'on est fort sujet à négliger. Pourtant, je me suis résolu à suivre cette idée. Je suis aussitôt parti, attifé comme un loup de mer inoffensif et je me suis informé dans tous les chantiers en descendant la rivière et quinze fois j'en suis sorti bredouille ; mais à la seizième, chez Jacobson, j'ai appris que l'*Aurore* leur avait été remise deux jours auparavant par un homme à la jambe de bois, avec des instructions insignifiantes concernant le gouvernail.

« — Il n'y a rien qui cloche dans le gouvernail, me dit le contremaître. La voilà, là, avec les raies rouges.

« Et à ce moment même, qui se présente ? Mordecai Smith en personne, le patron disparu ! Il était assez mal en point, ayant trop bu. Je n'aurais pas su qui il était, ne le connaissant pas, mais il a hurlé son nom et celui de la chaloupe.

« — Je la veux ce soir à huit heures, n'oubliez pas, car j'ai deux messieurs qui n'aiment pas attendre.

« Evidemment, on l'avait bien payé, car il était plein d'argent et distribuait des shillings à tous les hommes qui l'entouraient. Je l'ai suivi à quelque distance, mais il s'est affalé dans une auberge. Je suis revenu au chantier et, rencontrant par hasard un de mes gars, je l'ai mis là en sentinelle pour surveiller la chaloupe. Il doit rester au bord de l'eau et agiter son mouchoir quand ils partiront. Nous demeurerons sur le fleuve, et je m'étonnerais fort que nous ne prenions point tous les hommes, et le trésor. »

— Vous avez imaginé tout ça très joliment, que ces hommes soient, ou non, les bons, dit Jones, mais si l'affaire était entre mes mains, j'aurais amené une escouade d'agents au chantier Jacobson, et je les aurais arrêtés tous quand ils seraient venus.

— C'est-à-dire jamais. Ce Small est un type assez malin. Il enverra un éclaireur et, si quelque chose lui inspire des soupçons, il se tiendra coi une autre semaine.

— Mais vous auriez pu ne pas lâcher Mordecai Smith et cela aussi vous aurait mené à leur cachette, objectai-je.

— En ce cas, j'aurais perdu ma journée. Je crois qu'il y a cent contre un à parier que Smith ne sait pas où ils gîtent. Tant qu'on lui donne à boire et qu'on le paie, pourquoi poserait-il des questions ? Ils lui envoient des messages pour lui dire ce qu'il faut faire. Non, j'ai pensé à tous les moyens possibles, et je crois que j'ai choisi le meilleur.

Pendant cette conversation, nous avions filé sous la longue succession de ponts qui enjambent la Tamise. Comme nous passions la Cité, les derniers rayons du soleil glissaient sur la croix dorée qui couronne Saint-Paul, et c'était le crépuscule quand nous arrivâmes à la Tour.

— Voici le chantier de Jacobson, dit Holmes, et du doigt il nous montrait un hérissement de mâts et d'agrès du côté du Surrey. Croisez doucement çà et là, à l'abri des projecteurs.

Il prit dans sa poche ses jumelles de nuit, et pendant quelques instants examina la rive.

— Je vois ma sentinelle à son poste, dit-il, mais aucun signe de mouchoir de poche.

— Si nous descendions un peu et que nous les guettions ? proposa Jones, empressé.

Nous étions tous excités à présent, même les inspecteurs et les chauffeurs, qui avaient une vague idée de ce qui se passait.

— Nous n'avons pas le droit de considérer quoi que ce soit comme acquis. Il y a, à mon sens, dix chances contre une qu'ils descendent la rivière, mais je n'en suis pas certain. D'ici, nous pouvons surveiller l'entrée du chantier, et ils peuvent difficilement nous voir. La nuit sera claire et on y verra bien. Il nous faut rester où nous sommes. Voyez comme les gens pullulent de l'autre côté, sous les becs de gaz.

— Ce sont les hommes qui sortent du travail dans les chantiers.

— Des êtres assez sales en apparence, mais je suppose que chacun d'eux détient, cachée en lui, une étincelle immortelle. On ne le croirait pas à les voir. Il n'y a pas de probabilité *a priori* à ce sujet. Enigme étrange que l'homme !

— Quelqu'un dit qu'il est une âme dissimulée dans un animal, suggérai-je.

— Winwood Reade a là-dessus des réflexions fort intéressantes, dit Holmes. Il remarque que, tandis que l'homme, pris individuellement, est une énigme insoluble, il devient, en collectivité, une certitude mathématique. On ne peut jamais, par exemple, prévoir ce que tel homme fera, mais on peut dire avec précision ce qu'une quantité moyenne entreprendra. Les individus varient, mais les pourcentages demeurent constants. C'est ce que dit le statisticien. Mais est-ce que je vois bien un mouchoir ? Sûrement, il y a quelque chose de blanc qu'on agite là-bas.

— Oui ! C'est votre gars. Je le distingue nettement, dis-je.

— Et voici l'*Aurore* ! s'écria Holmes, qui file comme le diable ! Mécanicien, mettez toute la vapeur ! Suivez cette chaloupe, là-bas, avec une lumière jaune. Je ne me pardonnerai jamais si elle nous laisse en plan !

La chaloupe avait glissé, inaperçue, hors du chantier, et était passée derrière deux ou trois bâtiments, de telle sorte qu'elle avait déjà pris pas mal de vitesse avant que nous ne l'apercevions.

Elle descendait maintenant le fleuve à une très vive allure. Gravement, Jones la regarda et, secouant la tête, il déclara :

— Elle va très vite. Je doute que nous la rejoignions.

— Il *faut* la rattraper ! cria Holmes entre ses dents serrées. Chargez les chaudières, chauffeur ! Faites-lui donner le maximum. Quand nous devrions brûler ce bateau, il faut que nous les ayons !

Nous étions maintenant bien lancés derrière l'*Aurore*. Nos foyers rugissaient, et les puissantes machines sifflaient comme un énorme cœur métallique. Notre proue aiguë fendait les eaux tranquilles du fleuve, envoyant à droite et à gauche deux énormes vagues. A chaque pulsation des machines, la chaloupe sautait et tremblait comme un être vivant. Une grosse lanterne jaune dans notre bossoir projetait un long faisceau de lumière en avant.

Devant nous, exactement, une tache sombre sur l'eau nous indiquait où se trouvait l'*Aurore*, et le tourbillon d'écume qu'elle laissait derrière elle disait assez la vitesse à laquelle elle marchait. Nous dépassions des barques, des vapeurs, des vaisseaux marchands, nous glissant derrière celui-ci, contournant cet autre. Des voix nous hélaient dans l'obscurité, mais toujours l'*Aurore* avançait et toujours nous la talonnions.

— Chauffez, les gars, chauffez toujours ! criait Holmes, et il se penchait, regardant dans la salle des machines, cependant que la violente lueur du foyer éclairait d'en bas son visage anxieux. Donnez toute la vapeur possible !

— Je crois que nous nous rapprochons un peu, dit Jones, les yeux sur l'*Aurore*.

— J'en suis sûr, dis-je. Nous la rattraperons dans quelques minutes.

A ce moment précis, par un caprice du mauvais sort, un remorqueur tirant trois grandes péniches vint malencontreusement se placer devant nous. Ce ne fut qu'en appuyant bien fort sur la barre qu'on évita une collision, et avant que nous puissions reprendre notre route, l'*Aurore* avait gagné au moins deux cents mètres. On la distinguait encore nettement toutefois, et le crépuscule incertain et sombre se fondait en une claire nuit étoilée. Notre chaloupe donnait le maximum et la frêle coque vibrait et craquait sous la fougueuse énergie qui la poussait en avant.

Nous avions dépassé le Pool, les docks de la Compagnie des Indes, contourné l'île des Chiens. La tache sombre, devant nous, se précisait et nous distinguions de nouveau l'*Aurore*. Jones dirigea sur elle nos projecteurs, de sorte que nous pûmes voir distinctement les silhouettes sur le pont. Un homme était assis à l'arrière avec, entre les genoux, un objet noir sur lequel il se penchait. A côté de lui gisait une masse sombre qui ressemblait à un terre-neuve. Le fils Smith tenait la barre, tandis que, sur le fond rouge du foyer, nous pouvions voir, nu jusqu'à la ceinture, le vieux Smith, pelletant le charbon avec énergie. Sans doute avaient-ils pu douter d'abord que nous les poursuivions mais, comme nous faisions derrière eux les mêmes détours, ils ne pouvaient plus ne pas savoir à quoi s'en tenir. A Greenwich, nous étions à cent mètres d'eux. A Blackwell, il n'y en avait plus que quatre-vingts. J'ai poursuivi bien des créatures dans maints pays au cours de ma vie aventureuse, mais jamais sport n'a fait passer en moi un frisson aussi violent que cette folle chasse à l'homme sur la Tamise. Mètre après mètre, nous nous rapprochions. Dans le silence de la nuit, nous entendions le bruit haletant de leur machine. L'homme était toujours accroupi à l'arrière et ses bras s'agitaient comme s'il était occupé, tandis que, de temps en temps, il levait les yeux et mesurait du regard la distance qui nous séparait. Nous nous rapprochions de plus en plus. Jones leur cria de s'arrêter. Nous n'étions plus qu'à quatre longueurs derrière eux, les deux chaloupes filant à une allure terrifiante. Le fleuve s'étendait majestueux et puissant, avec Barking Level d'un côté et de l'autre les tristes marais de Plumstead. A notre appel, l'homme accroupi à l'arrière s'était dressé d'un bond. Il brandissait vers nous en jurant ses deux poings crispés, et nous maudissait d'une voix forte mais fêlée. C'était un homme robuste, d'une bonne taille et comme il se tenait debout, planté sur ses jambes écartées, je pus voir que du haut de la cuisse jusqu'au sol, il n'avait, à droite, qu'un pilon de bois. Aux cris stridents, irrités, qu'il poussa, la masse sombre, tassée sur le pont comme un ballot, fit un mouvement. Elle se dressa, et prit la forme d'un homme, l'homme le plus petit que j'aie jamais vu, avec une tête mal conformée et une épaisse touffe de cheveux emmêlés. Holmes avait déjà sorti son revolver, et je pris le mien à la vue de cette créature sauvage et difforme. Cet être était enveloppé dans une espèce d'ulster sombre ou de couverture, qui ne laissait voir que son visage, mais ce visage suffisait à saisir d'épouvante. Je n'ai jamais vu de traits si profondément empreints de bestialité et de cruauté. Ses petits yeux brûlaient d'une sombre lueur, et ses lèvres épaisses retroussées découvraient des dents qui claquaient, tandis qu'il nous regardait, avec une rage animale.

— Tirez s'il lève la main, dit Holmes tranquillement.

Nous étions alors à moins d'une longueur du bateau et nous touchions presque notre proie. Je revois les deux hommes aujourd'hui encore, tels qu'ils étaient à ce moment : le Blanc, les jambes bien écartées, hurlant ses malédictions, et le nain diabolique, avec sa face hideuse et ses longues dents jaunes grinçantes, dans la lumière de notre lanterne.

Ce fut une chance pour nous de les voir aussi nettement. Alors même que nous les regardions, le Noir tira de dessous son vêtement un morceau de bois cylindrique, de la taille d'une règle d'écolier, et le colla à ses lèvres. Nos revolvers claquèrent en même temps. Il tournoya, jeta les bras en l'air et, avec une sorte de toux qui l'étouffait, il tomba dans le fleuve. Une seconde, j'aperçus ses yeux menaçants et pleins de rage, alors qu'il disparaissait dans le blanc remous des eaux. Au même moment, l'homme à la jambe de bois, se jetant sur la barre, la poussait de toutes ses forces, de sorte que le bateau virait sur place vers la rive sud, tandis que nous passions près de sa poupe, ne l'évitant que de quelques pieds. Nous revînmes sur-le-champ, mais l'*Aurore* avait déjà presque atteint la rive. C'était un endroit désolé et sauvage, où la lune brillait sur une étendue de marécages, avec des mares stagnantes et des couches de végétaux en décomposition. La chaloupe, avec un bruit sourd, courut sur le talus boueux, son bossoir en l'air, tout l'arrière inondé. Le fugitif sauta du pont, mais tout de suite son pilon s'enfonça tout entier dans le sol détrempé. Il lutta et se débattit en vain. Il ne put faire un pas, ni en avant, ni en arrière. Dans sa rage impuissante, il hurlait, et de son autre pied battait furieusement la boue. Mais ses efforts enfonçaient plus profondément encore son pilon dans la rive gluante. Quand nous eûmes amené notre chaloupe près de lui, il était si solidement ancré que ce fut seulement en lui jetant une corde sous les aisselles que nous réussîmes à le sortir et à le tirer à nous comme un poisson malfaisant. Les deux Smith, père et fils, tous les deux lugubres, montèrent sur notre bateau dès qu'on leur en donna l'ordre. Quant à l'*Aurore* elle-même, nous la halâmes et la prîmes en remorque. Un petit coffre, solide et de fabrication indienne, se trouvait sur le pont. C'était, sans aucun doute, celui qui contenait le néfaste trésor des Sholto. Sa serrure ne comportait pas de clef, et il pesait assez lourd. Nous le transportâmes avec soin dans notre petite cabine.

Lentement, alors, nous avons remonté la rivière. Notre projecteur dirigé de tous les côtés ne nous révéla rien de l'Insulaire. Quelque part, dans le sombre limon du fond de la Tamise gisent les os de cet étrange visiteur de notre pays.

— Voyez donc ! dit Holmes, me montrant le bois d'une écoutille. Nous avons tiré juste à temps !

Et là, effectivement, juste derrière l'endroit où nous nous étions tenus, était fichée une de ces fléchettes meurtrières que nous connaissions si bien. Elle avait dû passer en sifflant entre nous deux quand nous tirions. Holmes sourit en la regardant, haussa les épaules tranquillement, suivant sa manière. Mais quant à moi, j'étais malade de penser à l'horrible mort qui nous avait frôlés de si près cette nuit-là...

11

LE GRAND TRÉSOR D'AGRA

Notre captif s'assit dans la cabine en face du coffre pour l'obtention duquel il avait tant lutté, et qu'il avait attendu si longtemps. C'était un homme hâlé, au regard intrépide ; sur ses traits acajou, tout un réseau de fines rides attestait la rudesse d'une vie de plein air. Il avait dans son menton barbu une proéminence qui dénotait un homme difficile à détourner de ses objectifs. Il pouvait avoir cinquante ans peut-être, car ses cheveux noirs et bouclés étaient striés de gris. Son visage, au repos, n'était pas désagréable, quoique ses lourds sourcils et son menton agressif lui donnassent, comme je l'avais vu tout récemment, une expression terrible quand il était en colère. Il était assis menottes aux poignets, les mains sur les genoux, la tête inclinée sur la poitrine, tandis que de ses yeux perçants, étincelants, il regardait le coffre qui avait été la cause de tous ses méfaits. Il me semblait qu'il y avait plus de chagrin que de colère dans sa physionomie rude et fermée. Il se tourna vers moi avec une lueur d'humour dans les yeux.

— Eh bien ! Jonathan Small ! dit Holmes en allumant un cigare, je regrette qu'on en soit venu là.

— Moi aussi, monsieur. J'espère qu'on ne me pendra pas pour cette affaire. Je vous jure sur la Bible que je n'ai pas levé la main sur monsieur Sholto. C'est ce chien d'enfer de Touga qui a lancé sur lui une de ses maudites flèches. Je ne voulais pas ça. J'en ai été aussi désolé que si ç'avait été quelqu'un de ma famille. J'ai frappé l'autre avec le gros bout de la corde, mais c'était fait et je ne pouvais pas réparer le mal.

— Voici un cigare, dit Holmes, et vous feriez bien de

boire une gorgée à ma gourde, car vous êtes trempé. Comment avez-vous pu croire qu'un petit homme aussi faible que ce noiraud maîtriserait monsieur Sholto et le maintiendrait pendant que vous grimperiez à la corde ?

— Vous paraissez en savoir là-dessus autant que si vous aviez été présent. La vérité est que j'espérais trouver la chambre vide. Je connaissais assez bien les habitudes de la maison et c'était l'heure où monsieur Sholto, ordinairement, descendait souper. Je ne veux rien vous cacher. La meilleure défense que je puisse présenter, c'est la vérité toute nue. Si ç'avait été le vieux commandant, c'est le cœur léger que je me serais fait pendre. Je n'aurais pas eu plus de scrupule à le poignarder que je n'en ai à fumer ce cigare. Mais c'est une malédiction que je doive être pendu à cause de ce jeune Sholto contre qui je n'avais aucun grief.

— Vous êtes entre les mains de monsieur Athelney Jones, de Scotland Yard. Il va vous amener chez moi, et je vous demanderai le récit exact de l'affaire. Vous devrez tout me dire car, si vous le faites, j'espère que je pourrai vous être utile. Je crois pouvoir prouver que le poison agit si vite que l'homme était mort avant votre entrée dans la chambre.

— Pour ça, c'est vrai, monsieur. Je n'ai jamais été aussi retourné de ma vie que quand je l'ai vu grimaçant devant moi, avec la tête penchée sur son épaule, quand je suis entré par la fenêtre. Ça m'a secoué ! J'aurais à moitié tué Touga s'il ne s'était pas enfui. C'est ainsi qu'il a laissé sa massue et quelques-unes de ses flèches aussi, d'après ce qu'il a dit. Ce sont ces choses-là, sans doute, qui vous ont mis sur notre piste, bien que je ne comprenne pas comment vous l'avez suivie jusqu'au bout. Je ne vous en veux pas, vous savez, mais ça semble cocasse, tout de même, ajouta-t-il avec un sourire amer, que moi, qui ai le droit de revendiquer un demi-million de livres, j'aie passé la première moitié de ma vie à bâtir des barrages aux îles Andaman et que je sois exposé à passer l'autre moitié à creuser des égouts à Dartmoor. Ç'a été un jour maudit pour moi, que celui où j'ai rencontré le marchand Achmet, et où je me suis intéressé au trésor d'Agra, qui n'a jamais rapporté que des malédictions à ses détenteurs. Au marchand, il a apporté la mort, au commandant Sholto, la crainte et la honte, à moi l'esclavage pour la vie.

A ce moment, Jones passa sa tête et ses épaules, puis entra dans la cabine.

— On dirait une réunion de famille, remarqua-t-il. Holmes, je prendrais bien un peu de votre whisky. Eh ! je crois que nous pouvons nous féliciter. Dommage que nous n'ayons pas pris l'autre vivant, mais nous n'avions pas le choix !

« Dites-moi, Holmes, avouez que nous les avons rattrapés de justesse ; l'opération n'a pas été facile.

— Tout est bien qui finit bien ; mais je ne savais certainement pas que l'*Aurore* était si rapide.

— Smith dit que c'est l'une des plus rapides chaloupes sur le fleuve, et que, s'il avait eu un autre homme pour l'aider aux machines, nous ne l'aurions jamais rejointe. Il jure qu'il ne savait rien de l'affaire de Norwood.

— Pour sûr qu'il n'en savait rien ! cria notre prisonnier, pas un mot ! J'ai choisi sa chaloupe parce que je savais qu'elle filait bien. Nous ne lui avons rien dit, mais il était bien payé et il devait recevoir une belle somme si nous parvenions à atteindre l'*Esmeralda* à Gravesend, à destination du Brésil.

— C'est bon ! S'il n'a rien fait de mal, nous veillerons à ce qu'il ne lui arrive rien de fâcheux. Si nous sommes assez prompts pour attraper nos hommes, nous le sommes moins pour les condamner.

C'était amusant de remarquer comment le suffisant Jones commençait déjà à se donner des airs à propos de l'importance de la prise. Au léger sourire qui se dessinait sur le visage de Sherlock Holmes je devinais qu'il n'avait rien perdu de ce discours.

— Nous serons au pont de Vauxhall tout à l'heure, dit Jones, et nous vous débarquerons, docteur Watson, avec le trésor. Je n'ai pas besoin de vous dire que j'assume une très grosse responsabilité en agissant ainsi. C'est tout à fait illégal, mais une convention est une convention. Je dois cependant envoyer avec vous un inspecteur, puisque vous aurez en charge un si précieux dépôt. C'est mon devoir. Vous irez en voiture, sans doute ?

— Oui, je prendrai une voiture.

— C'est dommage qu'il n'y ait point de clef, nous pourrions faire d'abord un inventaire. Il vous faudra forcer la serrure. Où est la clef, Small ?

— Au fond du fleuve, dit Small, sèchement.

— Hum ! Ça ne servait à rien de nous imposer cette peine. Vous nous avez déjà donné assez de fil à retordre. Cependant, docteur, je n'ai pas à vous recommander d'être prudent. Rapportez-nous la boîte à Baker Street. Vous nous retrouverez là. En route pour le commissariat !

Ils me déposèrent à Vauxhall avec le lourd coffre en fer, et un brave homme d'inspecteur, mon compagnon. Un quart d'heure de voiture nous amena chez madame Cecil Forrester. La servante sembla surprise d'une visite aussi tardive. Madame Forrester, expliqua-t-elle, était sortie et ne rentrerait sans doute que très tard. Mademoiselle Morstan se trouvait dans le salon. Je m'y rendis, le coffre en main, laissant l'obligeant inspecteur dans la voiture.

Elle était assise auprès de la fenêtre ouverte, habillée d'une étoffe blanche et diaphane, avec un brin d'écarlate à la ceinture et aux poignets. La douce lumière d'une lampe à abat-jour tombait sur elle. Lorsqu'elle se tenait légèrement renversée dans son fauteuil, la lumière jouait sur son visage doux et grave, donnant un reflet sombre et métallique aux boucles de sa luxuriante chevelure. Un de ses bras pendant délicatement sur le côté du fauteuil, elle arborait une pose où dominait une sensation de mélancolie intense. Au bruit de mes pas, elle se dressa vivement, et une vive rougeur de surprise et de plaisir colora ses joues pâles.

— J'ai entendu une voiture s'arrêter, fit-elle. Je pensais que madame Forrester était rentrée plus tôt, mais je ne rêvais pas que ce pût être vous. Quelles nouvelles m'apportez-vous ?

— Je vous apporte mieux que des nouvelles, dis-je, déposant le coffre sur la table et parlant gaiement bien que mon cœur fût bien lourd. Je vous ai apporté quelque chose qui vaut toutes les nouvelles du monde. Je vous ai apporté une fortune.

Elle jeta un regard vers la boîte.

— Est-ce là le trésor ? dit-elle assez froidement.

— Oui, c'est le grand trésor d'Agra. La moitié est à vous, la moitié à Thaddée Sholto. Vous aurez quelque deux cents mille livres chacun. Vous rendez-vous compte ! Un revenu de dix mille livres ! Il y aura peu de jeunes femmes en Angleterre aussi riches que vous. N'est-ce pas splendide ?

Je crois que je dus me montrer trop déclamatoire, en exagérant ma joie, et qu'elle découvrit que mes félicitations sonnaient creux. Je la vis lever un peu les sourcils et me regarder curieusement.

— Si je l'ai, dit-elle, c'est à vous que je le dois.

— Non! Non! pas à moi, mais à mon ami Sherlock Holmes. Avec toute ma volonté, je n'aurais jamais pu suivre une piste qui a durement mis à l'épreuve son génie d'analyse. A vrai dire, nous avons bien failli perdre cette piste au dernier moment.

— Asseyez-vous, je vous en prie, docteur, et racontez-moi tout.

Brièvement, je racontai tout ce qui était arrivé depuis ma dernière visite: la nouvelle méthode de recherche de Sherlock Holmes, la découverte de l'*Aurore*, la visite de Jones, notre expédition de la soirée et la folle poursuite sur la Tamise. Elle m'écoutait, les lèvres ouvertes, les yeux brillants. Quand je lui parlai de la flèche qui nous avait manqués de si peu, elle devint si blanche que je craignis qu'elle ne s'évanouît.

— Ce n'est rien, dit-elle, comme je me hâtais de lui verser un peu d'eau. Je suis tout à fait remise. Ç'a été pour moi un choc de savoir que j'avais exposé mes amis à un danger si horrible.

— Tout est fini. Ce n'était rien, je ne vous conterai plus de lugubres détails. Passons à quelque chose de plus réjouissant. Voici le trésor. Que pourrait-il y avoir de plus réjouissant? Je l'ai apporté, pensant qu'il vous intéresserait d'être la première à le voir.

— Ce serait, en effet, du plus grand intérêt.

Toutefois, il n'y avait aucun empressement dans sa voix. L'idée lui était venue, sans doute, qu'il y aurait une apparence d'ingratitude de sa part à se montrer indifférente envers un trésor que nous avions eu tant de peine à gagner.

— Quelle jolie boîte, dit-elle en l'examinant. C'est un décor hindou, je suppose?

— Oui, une fabrication en métal de Bénarès.

— Et si lourde! s'écria-t-elle en essayant de la soulever. La boîte à elle seule doit avoir de la valeur. Où est la clef?

— Small l'a jetée dans la Tamise. Il me faut emprunter un tisonnier de madame Forrester.

Au bord du couvercle, il y avait un médaillon épais et large, à l'effigie d'un Bouddha assis. Sous cette pièce, j'insérai l'extrémité du tisonnier et m'en servis, en le tordant, comme d'un levier. Le pêne sauta en craquant, la boîte s'ouvrit. Les doigts tremblants, je soulevai vivement le couvercle, et tous les deux nous nous regardâmes, profondément étonnés. La boîte était vide.

Il n'y avait rien d'étonnant à ce qu'elle fût si lourde. L'enveloppe de fer avait deux tiers de pouce d'épaisseur. Elle était massive, bien faite, solide ; ce coffre était certainement destiné à renfermer des objets de très grand prix, mais il n'y avait pas l'ombre d'un bijou à l'intérieur. Il était absolument vide.

— Le trésor est perdu, dit mademoiselle Morstan, très calme.

Tandis que j'écoutais ces mots et que je comprenais ce qu'ils signifiaient, une grande ombre me parut s'éloigner de mon âme. Je ne m'étais pas rendu compte à quel point ce trésor d'Agra avait pesé sur moi jusqu'au moment où j'en fus enfin délivré. C'était égoïste, sans doute, déloyal, mais je pouvais enfin constater que la barrière d'or élevée entre nous n'existait plus.

— Dieu merci ! m'écriai-je du fond du cœur.

Elle me regarda vivement, avec un sourire interrogateur.

— Pourquoi Dieu merci ?

— Parce que vous voici de nouveau à mon niveau, dis-je en lui prenant une main qu'elle ne me retira pas. Parce que je vous aime, Mary, comme jamais homme n'a aimé une femme. Parce que ce trésor, parce que ces richesses me scellaient les lèvres. Maintenant qu'elles n'existent plus je peux vous dire combien je vous aime !

— Et moi aussi, je dis : Dieu merci ! murmura-t-elle, comme je l'attirais à moi.

Peu importait qu'un trésor fût perdu, je savais que ce soir-là j'en avais gagné un.

12

L'ÉTRANGE HISTOIRE DE JONATHAN SMALL

L'inspecteur resté dans la voiture était un homme très patient, mais il dut s'ennuyer quelque peu avant de me revoir. Quand je le rejoignis, son visage s'assombrit devant le coffre vide.

— La récompense s'envole, dit-il, maussade. S'il n'y a pas d'argent, il n'y aura pas de prime. La besogne de ce soir nous aurait valu une belle somme, à Sam Brow et à moi, si on avait trouvé le trésor dans cette boîte.

— Monsieur Thaddée Sholto est riche, il vous récompensera, trésor ou non.

L'inspecteur branla la tête d'un air découragé et ajouta :

— C'est une mauvaise besogne, et ce sera l'avis de monsieur Jones.

La prédiction se justifia car le détective parut abasourdi quand j'arrivai à Baker Street et que je lui montrai la boîte vide. Ils venaient seulement d'arriver, lui, Holmes, et le prisonnier. Ayant changé leur plan chemin faisant, ils avaient fait leur rapport à un commissariat en route. Mon compagnon se reposait dans son fauteuil, avec son air d'insouciance habituel, tandis que Small était assis en face de lui, sa jambe de bois à cheval sur l'autre. Lorsque j'exhibai le coffre vide, il se renversa en arrière et éclata de rire.

— Encore un de vos tours, dit Athelney Jones, en colère.

— Oui ! J'ai mis le trésor quelque part où vous ne poserez pas la main dessus ! s'écria-t-il, triomphant. C'est mon trésor, et si je ne peux avoir le magot, j'ai voulu prendre bien soin que personne d'autre ne le possède. Je vous dis qu'il n'y a pas un homme vivant qui y ait droit, si ce n'est trois hommes qui sont dans la colonie pénitentiaire aux îles

Andaman, et moi-même. Je ne pense pas que je puisse jamais en jouir, et je sais qu'eux ne le pourront pas. D'un bout à l'autre j'ai agi pour eux autant que pour moi. Ça a toujours été le signe des quatre pour nous. Je sais qu'ils auraient voulu que je fasse exactement ce que j'ai fait, et que je jette le trésor dans la Tamise plutôt que de le laisser aller aux parents de Sholto ou de Morstan. Ça n'a pas été pour les enrichir que nous avons fait son affaire au vieux Achmet. Vous trouverez le trésor là où est la clef, avec le petit Touga. Quand j'ai vu que votre chaloupe devait nous rejoindre, j'ai balancé le magot. Pas une roupie pour vous ce voyage-ci.

— Vous nous trompez, Small, dit Jones rudement. Si vous aviez voulu jeter le trésor dans la Tamise, il vous aurait été plus facile de jeter le tout, boîte comprise.

— Plus facile pour moi de la jeter et encore plus facile pour vous de la retrouver, répondit-il avec un malin regard de côté. L'homme qui a été assez fort pour me donner la chasse est assez fort pour retirer une boîte de fer du fond de la rivière. Maintenant que le trésor est éparpillé sur cinq ou six milles, ça sera un boulot plus dur. Ça m'a fendu le cœur, tout de même, de faire ça. J'étais à moitié fou quand vous m'avez rejoint. Mais ça ne sert à rien de pleurer sur le lait qu'on a répandu. J'ai connu des hauts et des bas dans la vie, et j'ai appris cette leçon-là.

— C'est une affaire très sérieuse, Small, que celle-ci, dit le détective. Si vous aviez aidé la justice au lieu de la contrecarrer de cette façon, vous auriez plus de chances de vous en tirer lors de votre jugement.

— La justice, grogna Small. Une jolie justice ! A qui appartient le magot, si ce n'est à nous ? Où est la justice s'il faut que je le cède à ceux qui n'y ont pas droit ? Voyez comment je l'ai gagné ! Vingt longues années dans ce marécage fiévreux, toute la journée au travail sous les manguiers, toutes les nuits enchaîné dans ces huttes, sales et puantes, du bagne, mordu par les moustiques, dévoré par la fièvre, malmené par tous ces maudits policiers à faces noires qui prenaient plaisir à se venger sur un Blanc. Voilà comment j'ai gagné le trésor d'Agra, et vous me parlez de justice parce que je ne peux pas supporter l'idée que j'aie payé un tel prix pour qu'un autre en jouisse ! J'aimerais mieux être pendu dix fois ou avoir une flèche de Touga dans la peau que de vivre dans une cellule de bagnard en sachant qu'un autre se goberge dans un palais avec l'argent qui devrait me revenir.

Small s'était dépouillé de son masque de stoïcisme, et ses sentiments se déversaient en un tourbillon fougueux de mots, tandis que ses yeux étincelaient et que ses menottes se heurtaient avec bruit dans le mouvement passionné de ses mains. Je comprenais, en voyant la fureur acharnée de l'homme, combien était fondée la terreur qui s'était emparée du commandant Sholto quand il avait appris que le bagnard qu'il avait lésé était sur sa piste.

— Vous oubliez, dit Holmes tranquillement, que nous ne savons rien de tout cela. Nous n'avons pas entendu votre histoire, et nous ne pouvons dire jusqu'à quel point il est possible que le droit ait été, à l'origine, de votre côté.

— Monsieur, vous m'avez parlé raisonnablement. Pourtant, je comprends que c'est vous que je dois remercier pour ces bracelets aux poignets. Mais je ne vous en veux pas de ça. Le jeu a été franc et honnête. Si vous voulez entendre mon histoire, je ne désire pas vous la taire. Ce que je vous dis, c'est la vérité du Bon Dieu, chaque mot est vrai. Merci, vous pouvez mettre ce verre près de moi, j'y tremperai mes lèvres si j'ai la gorge sèche.

« Je suis du comté de Worcester, des environs de Pershore. Sans doute trouveriez-vous un tas de Small vivant par là si vous cherchiez. J'ai souvent pensé à y aller faire un tour, mais la vérité est que je n'ai jamais fait grand honneur à la famille, et je doute fort qu'ils soient heureux de me voir. Tous étaient des gens sérieux, allant à l'église, des petits fermiers bien connus et respectés dans toute la région, tandis que moi j'ai toujours été un peu vagabond. A la fin, pourtant, quand j'avais dix-huit ans, je ne leur ai plus causé d'ennuis, car je me suis mis dans le pétrin à propos d'une fille et n'ai pu m'en sortir qu'en rejoignant, comme soldat, le 3e Régiment qui partait pour les Indes.

« Je ne devais pas, cependant, être longtemps soldat. On m'avait appris le pas de parade et le maniement du fusil quand je fus assez bête pour aller nager dans le Gange. Heureusement pour moi, le sergent de ma compagnie, John Holder, était dans l'eau en même temps que moi. C'était un des meilleurs nageurs du régiment. Alors que j'étais au milieu du courant, un crocodile me happa et me trancha la jambe aussi nettement qu'aurait pu le faire un chirurgien, juste au-dessus du genou. Tant par le choc que par la perte de sang, je m'évanouis et je me serais noyé si Holder ne m'avait saisi et ramené à la rive. Je fus cinq mois à l'hôpital et quand, enfin, j'en sortis, boitant avec ce morceau de bois ficelé à mon moignon, je me suis trouvé licencié de l'armée comme invalide et inapte à toute occupation active.

« J'étais, vous l'imaginez, assez en déveine à ce moment-là, car j'étais un estropié inutile et pourtant je n'avais pas vingt ans. Toutefois, mon malheur se trouva être un bienfait déguisé. Un homme, nommé Abel White, venu là-bas comme planteur d'indigotiers, eut besoin d'un surveillant chargé d'assurer le travail régulier de ses coolies. C'était un ami du colonel, qui s'était intéressé à moi depuis l'accident. Bref, le colonel me recommanda chaudement pour ce poste et, comme le travail se faisait surtout à cheval, ma jambe n'était pas un empêchement, car il me restait assez du genou pour me tenir solidement en selle. Ma tâche consistait à parcourir la plantation à cheval, à surveiller le travail des hommes, et à noter les paresseux. Le salaire était honnête, j'étais bien logé et, somme toute, j'étais content de passer le reste de ma vie dans la plantation. Monsieur Abel White était un homme bienveillant, et souvent il venait dans ma hutte fumer une pipe avec moi, car les Blancs, là-bas, se sentent les uns pour les autres plus de sympathie qu'on n'en éprouve jamais ici.

« Mais je n'ai pas été longtemps sur la route de la chance. Soudain, sans avertissement, une grande mutinerie éclata. Le mois d'avant, l'Inde était aussi tranquille, aussi paisible que le Surrey ou le Kent. Le mois suivant, il y avait deux cent mille diables déchaînés et le pays était un parfait enfer. Mais vous savez tout cela, messieurs, beaucoup mieux que moi, sans doute parce que la lecture n'a jamais été mon fort. Je ne sais que ce que j'ai vu de mes propres yeux. Notre plantation se trouvait en un endroit appelé Multra, près de la frontière des provinces du Nord-Ouest. Nuit après nuit, les flammes des bungalows qui brûlaient rougissaient le ciel et, jour après jour, nous voyions des petites bandes d'Européens qui traversaient la propriété avec leurs femmes et leurs enfants en direction d'Agra, où se trouvaient les troupes les plus proches. Monsieur White était un homme obstiné. Il s'était mis en tête que l'affaire avait été exagérée et qu'elle se calmerait aussi vite qu'elle avait éclaté. Il restait dans sa véranda, à boire du whisky et à fumer des cigares, pendant que le pays aux alentours était en feu. Bien entendu, nous restions auprès de lui, moi et Dawson qui, avec sa femme, tenait les livres et administrait la maison. Un beau jour, la catastrophe se produisit. J'étais allé vers une plantation éloignée et je rentrais à cheval, le soir, quand mes yeux tombèrent sur une sorte d'objet qui gisait en tas au bord du chemin. Je m'avançai pour voir ce que c'était, et mon cœur se glaça quand je découvris le cadavre de la femme de Dawson, découpé en lanières et à moitié dévoré par les chacals et les chiens indigènes. Un peu plus loin, sur la route, Dawson lui-même était étendu, la face contre terre. Mort, avec un revolver à la main, et près de lui quatre cipayes abattus. Je retins mon cheval, me demandant de quel côté j'irais mais, à ce moment-là je vis de la fumée qui montait du bungalow de White. Les flammes commençaient à crever le toit. Je savais que je ne pouvais être d'aucune utilité à mon patron, et que je ne ferais que sacrifier inutilement ma vie si j'intervenais. De l'endroit où j'étais, je pouvais voir des centaines de ces démons noirs, encore vêtus de leurs vestes d'uniforme rouge, qui dansaient et hurlaient autour de la maison en flammes. Quelques-uns d'entre eux me montrèrent du doigt, et des balles chantèrent au-dessus de ma tête ; je m'échappai à travers la plantation et tard dans la nuit, je me trouvai en sûreté dans les murs d'Agra.

« Pourtant la sécurité n'existait pas non plus à l'intérieur d'Agra. Tout le pays était agité comme un essaim d'abeilles. Là où les Anglais pouvaient se rassembler en petites bandes, ils n'étaient tout juste maîtres que du terrain commandé par leurs fusils. Partout ailleurs, c'étaient des fugitifs impuissants. On avait affaire au combat de millions d'hommes contre des centaines et le plus cruel dans cette lutte, c'était que ces gens contre qui nous combattions — fantassins, cavaliers, artilleurs — représentaient nos troupes d'élite, que nous avions formées et entraînées, et ils maniaient nos propres armes, sonnaient nos propres clairons. A Agra, se trouvait le 3e Fusiliers du Bengale, quelques sikhs, deux corps de cavalerie et une batterie d'artillerie. On avait formé un corps de volontaires, employés et marchands, et je m'engageai malgré ma jambe de bois. Nous sommes sortis à la rencontre des rebelles à Shagung, au début de juillet, et nous les avons repoussés pendant un certain temps, mais la poudre nous a manqué et force nous fut de battre en retraite vers la ville.

« Rien ne nous parvenait, que les pires nouvelles de partout, et l'on ne saurait s'en étonner car, si vous regardez une carte, vous verrez que nous étions en plein cœur de la révolte. Lucknow est à un peu plus de cent milles à l'est, et Cawnpore à peu près à la même distance au sud. Et partout, ce n'étaient qu'assassinats, violences et tortures.

« La ville d'Agra est une grande ville, pullulant de fanatiques et de féroces adorateurs du diable. Notre poignée d'hommes était perdue dans ses rues étroites et tortueuses. Notre chef passa donc de l'autre côté de la rivière et prit position dans le vieux fort d'Agra. Je ne sais pas, messieurs, si quelqu'un de vous a jamais lu ou entendu dire quelque chose concernant ce vieux fort. C'est un endroit étrange, le plus étrange que j'aie jamais vu et je suis allé dans de drôles de coins. D'abord, son étendue est immense. Il couvre, j'ose dire, des ares et des ares. Il y a une partie moderne qui abrita toute notre garnison, les femmes, les enfants, les provisions et tout le reste, et il y avait encore de la place. Mais la partie moderne n'est rien comparée à l'étendue des vieux quartiers où personne ne va et que l'on abandonne aux scorpions et aux scolopendres. Elle est pleine de vastes salles, avec de longs couloirs, des corridors sinueux qui tournent dans toutes les directions et où il est assez facile de se perdre. Pour cette raison on y allait rarement, bien que de temps en temps une petite troupe s'y aventurât, munie de torches, pour l'explorer.

« La rivière baigne la façade du vieux fort et ainsi le protège, mais sur les côtés et derrière il y a une foule de portes. On devait les garder, naturellement, aussi bien que celles qui se trouvaient dans la partie occupée par nos troupes. Nous manquions d'hommes ; à peine en avions-nous assez pour surveiller les angles du bâtiment et utiliser les fusils. Il nous était donc impossible de mettre une forte garde à chacune des innombrables portes. Ce que nous avons fait, ce fut d'organiser un poste de garde au milieu du fort et de laisser chaque porte à la charge d'un Blanc et de deux ou trois indigènes. On me désigna pour prendre la garde, pendant certaines heures de la nuit, à une petite porte isolée sur le côté sud-ouest du bâtiment. J'avais reçu l'ordre, si un incident se produisait, de décharger mon fusil, et je pouvais compter que du poste central on viendrait tout aussitôt à mon secours. Comme ce poste était à plus de deux cents pas de là, et séparé de nous par un labyrinthe de couloirs et de corridors, j'avais de fortes raisons de douter qu'ils puissent arriver à temps pour être d'un secours quelconque en cas d'attaque.

« Eh bien ! j'étais assez fier d'avoir ainsi un petit commandement, vu que j'étais une jeune recrue et que j'avais une jambe de bois. Pendant deux nuits je fus donc de garde avec mes gars du Punjab. Ils étaient grands, l'air terrible, Mahomet Singh et Abdullah Khan, tous les deux des soldats qui avaient combattu contre nous à Chilian Wallah. Ils parlaient assez bien anglais, mais je ne pouvais rien en tirer. Ils préféraient rester ensemble à bavarder toute la nuit dans leur étrange jargon. Quant à moi je me tenais près de la porte, considérant la rivière sinueuse et les lumières scintillantes de la grande cité. Les batteries de tambours, le bruit des tam-tams, les hurlements des rebelles ivres d'opium et d'alcool suffisaient à me rappeler toute la nuit nos dangereux voisins d'en face. Toutes les deux heures, l'officier de nuit faisait sa ronde pour s'assurer que tout allait bien.

« La troisième nuit de ma garde était sombre et triste avec une petite pluie fine. C'était peu réjouissant de rester là, debout à la porte, pendant des heures entières par un temps pareil. A maintes reprises, je tentai de faire parler mes sikhs, mais sans grand succès. A deux heures du matin, la ronde passa et rompit un moment l'ennui de cette veillée. Puisque mes compagnons ne voulaient pas parler, je pris ma pipe et je déposai mon fusil pour frotter une allumette. En un instant, les sikhs furent sur moi. L'un d'eux saisit mon fusil, me mit en joue, tandis que l'autre m'appuyait un grand couteau sur la gorge et jurait entre ses dents qu'il l'y plongerait si je faisais un pas.

« Ma première pensée fut que ces drôles étaient de connivence avec les rebelles, et que c'était là le commencement d'une attaque. Si notre poste tombait aux mains des cipayes, les place serait prise, et femmes et enfants seraient traités comme ils l'avaient été à Cawnpore. Peut-être, messieurs, penserez-vous que j'arrange les choses à mon avantage, mais je vous donne ma parole que lorsque j'y pensai, bien quc sentant la pointe d'un couteau sur ma gorge, j'ouvris la bouche avec l'intention de pousser un grand cri, qui, même si c'était mon dernier, donnerait l'alarme. L'homme qui me tenait parut deviner ma pensée, car au moment où je rassemblais pour cela tout mon courage, il murmura :

« — Ne fais pas de bruit, le fort ne court aucun danger. Il n'y a pas de chiens rebelles de ce côté-ci de la rivière.

« Il y avait dans sa voix un son de vérité, et je savais que si je criais j'étais un homme mort. Je pouvais le lire dans les yeux bruns de l'homme. J'attendis donc en silence pour voir ce qu'ils voulaient de moi.

« — Ecoute-moi, Sahib, dit le plus grand, le plus féroce des deux, celui qu'on appelait Abdullah Khan. Ou bien tu seras avec nous, ou bien tu te tairas à jamais. L'affaire est trop importante pour que nous hésitions. Ou bien tu seras avec nous de cœur et d'âme, le jurant sur la croix des chrétiens, ou bien ton corps, cette nuit, sera jeté dans le fossé et nous passerons avec nos frères dans l'armée rebelle. Il n'y a pas d'autre solution. Que choisis-tu, la mort ou la vie ? Nous ne pouvons te donner que trois minutes pour te décider, car le temps presse et tout doit être fini avant le retour de la ronde.

« — Comment puis-je me décider ? protestai-je. Vous ne m'avez pas dit ce que vous vouliez de moi. Mais je vous assure tout de suite que si vous agissez contre la sécurité du fort, je ne serai pas votre complice. Vous pouvez enfoncer votre couteau, j'aime mieux ça !

« — Ce n'est pas contre le fort, dit-il. Nous voulons seulement te demander de faire ce que tes compatriotes sont venus chercher ici. Nous te demandons d'être riche. Si tu veux être l'un des nôtres cette nuit, nous le jurons sur ce couteau nu et par le triple serment auquel aucun sikh, de mémoire d'homme, n'a jamais manqué, tu auras ta juste part du butin. Un quart du trésor sera à toi. Nous ne saurions mieux dire.

«— Mais qu'est-ce que ce trésor ? Je suis, autant que vous, prêt à devenir riche, si vous voulez m'en montrer le moyen.

«— Tu jurerais donc sur les ossements de ton père ou sur l'honneur de ta mère, sur la croix de ta foi, de ne pas lever la main sur nous, de ne pas dire un mot, soit maintenant, soit plus tard ?

«— Je veux bien le jurer, pourvu que le fort ne soit pas en danger.

«— Alors, mon camarade et moi, nous jurerons que tu auras un quart du trésor et que nous partagerons également entre nous quatre.

«— Nous ne sommes que trois !

«— Non, Dost Akbar doit avoir sa part. Nous te raconterons l'histoire en l'attendant. Reste à la porte, toi, Mahomet Singh, et avertis-nous de son arrivée. Voici ce qu'il en est, Sahib, et je te le dis parce que je sais qu'un serment lie un étranger, que nous pouvons avoir confiance en toi. Si tu avais été un hindou menteur, même si tu avais juré par tous les dieux de leurs faux temples, ton sang aurait coulé sur ce couteau et ton corps aurait été jeté à l'eau. Mais le sikh connaît l'Anglais, et l'Anglais connaît le sikh. Ecoute bien ce que je vais te dire. Il y a, dans la province du Nord, un rajah qui a de grandes richesses, bien que ses terres soient petites. Une grande partie de ces richesses lui est venue de son père et lui-même en a acquis plus encore, parce qu'il est d'une nature vile et qu'il entasse son or au lieu de le dépenser. Quand les troubles ont éclaté, il a voulu rester l'ami et du lion et du tigre ; des cipayes et de la Compagnie des Indes. Toutefois, il lui a bientôt paru que la fin de la suprématie des Blancs était venue, car dans tout le pays on ne parlait que de leur chute et de leur mort. Pourtant, en homme prudent, il s'arrangea pour que, quoi qu'il advînt, il pût garder la moitié de son trésor. Tout ce qui était en or et en argent, il le garda chez lui, sous les voûtes de son palais. Mais les pierres les plus précieuses, les perles les plus belles, il les a mises dans un coffre de fer qu'il a fait transporter par un fidèle serviteur, déguisé en marchand, jusqu'au fort d'Agra pour qu'il y reste jusqu'à ce que le pays soit de nouveau tranquille. Ainsi, si les rebelles l'emportaient, il aurait son argent. Si la Compagnie des Indes triomphait, ses bijoux seraient saufs. Ayant ainsi partagé son trésor, il se mit du côté des Cipayes, parce qu'ils étaient forts à sa frontière. Puisqu'il agit ainsi, remarque-le, Sahib, ce qu'il possède devient le bien de ceux qui sont restés fidèles à la bonne cause.

« Ce prétendu marchand qui voyage sous le nom d'Achmet est maintenant dans la ville d'Agra et désire entrer dans le fort. Il a avec lui, comme compagnon de voyage, mon frère de lait, Dost Akbar, qui connaît son secret. Dost Akbar lui a promis de l'amener cette nuit à l'une des poternes latérales du fort, et c'est la nôtre qu'il a choisie. Il viendra tout à l'heure, et il trouvera Mahomet Singh et moi. Nous l'attendrons. Cet endroit est solitaire, et personne ne saura rien de son arrivée ici. Le monde n'entendra plus parler du marchand Achmet, mais le grand trésor du rajah, nous nous le partagerons. Qu'en dis-tu, Sahib ?

« Dans le comté où je suis né, la vie d'un homme paraît une chose grande et sacrée, mais c'est bien différent quand tout est à feu et à sang autour de vous et que vous êtes accoutumé à rencontrer la mort à chaque tournant. Qu'Achmet vécût ou mourût m'était profondément indifférent, mais cet entretien au sujet du trésor m'avait vivement impressionné, et je pensais à ce que je pourrais faire dans la vieille Angleterre avec une telle fortune, et comme les miens s'ébahiraient de voir leur propre à rien de parent revenir les poches pleines de pièces d'or. J'étais donc déjà décidé. Abdullah pourtant, croyant que j'hésitais encore, revint à la charge.

« — Considère, Sahib, que si cet homme est pris par le commandant, il sera pendu ou fusillé et ses bijoux confisqués par le gouvernement, de sorte que personne n'en sera plus riche d'une roupie. Mais si c'est nous qui le prenons, pourquoi ne prendrions-nous pas le reste aussi ? Les bijoux seront aussi bien entre nos mains que dans les coffres de la Compagnie. Il y en aura assez pour faire de nous des gens riches et des grands chefs. Personne n'en peut rien savoir, puisque nous sommes coupés du reste des hommes. On ne saurait rien imaginer de mieux. Réponds, Sahib, si tu es avec nous ou si nous devons te considérer comme un ennemi.

« — Je suis avec vous de cœur et d'âme, dis-je.

« — C'est bien, répondit-il, et il me rendit mon fusil. Tu vois que nous avons confiance en toi, car ta parole, comme la nôtre, ne doit pas être violée. Nous n'avons plus, maintenant, qu'à attendre mon frère et le marchand.

« — Ton frère sait-il ce que vous voulez faire ?

» — C'est lui qui a imaginé ce plan. Allons à la porte, maintenant, prendre la garde avec Mahomet Singh.

« La pluie tombait toujours ; on était juste au début de la saison des pluies. Des nuages sombres couraient à travers le ciel et il était difficile de voir au-delà d'un jet de pierre. En face de notre porte, il y avait un fossé profond mais, par endroits, il était presque asséché et l'on pouvait aisément le traverser. Il me semblait étrange d'être là, avec ces deux sauvages du Punjab, à attendre un homme qui venait vers sa mort.

« Soudain, mes yeux aperçurent la faible lueur d'une lanterne sourde de l'autre côté du fossé. Elle disparaissait derrière des monticules puis reparaissait, s'avançant lentement dans notre direction.

« — Tu crieras : Qui vive ? comme d'habitude, murmura Abdullah. Ne lui donne aucune cause d'appréhension. Envoie-nous à lui, et nous ferons le reste pendant que tu seras de garde ici. Aie la lanterne toute prête, pour que nous soyons sûrs que c'est bien notre homme.

« La lumière avait vacillé, tantôt s'arrêtant, tantôt avançant. Bientôt, je pus distinguer deux silhouettes sombres de l'autre côté du fossé. Je les laissai descendre le talus glissant, patauger dans la vase, remonter jusqu'à mi-chemin, avant de crier, d'une voix étouffée :

« — Qui vive ?

« — Des amis, me répondit-on.

« Je découvris la lanterne et jetai sur eux un flot de lumière. Le premier était un sikh énorme, avec une abondante barbe noire. Sauf à la foire, je n'ai jamais vu un homme aussi grand. L'autre était un petit bonhomme, rond et gras, avec un turban jaune et, à la main, un paquet enveloppé dans un châle. Il me parut grelotter de peur, car ses mains s'agitaient comme sous l'effet de la fièvre. Il tournait sans cesse la tête à droite et à gauche, et ses petits yeux brillaient comme ceux d'une souris qui s'aventure hors de son trou. Cela me fit courir un frisson dans le dos de penser qu'on allait le tuer, mais je pensai aussi au trésor, et mon cœur devint aussi dur qu'une pierre. Quand il vit mon visage blanc, il poussa un petit cri de joie et courut vers moi.

« — Votre protection, Sahib, dit-il, haletant. Votre protection pour le malheureux marchand Achmet. J'ai traversé le Rājputāna pour chercher un abri au fort d'Agra. On m'a volé, on m'a battu, on m'a injurié parce que j'étais l'ami de la Compagnie. C'est une nuit bien heureuse que celle-ci, où je me sens de nouveau en sûreté, moi et le peu que je possède.

« — Qu'as-tu donc dans ce ballot ?

« — Une boîte en fer. Elle renferme un ou deux souvenirs de famille, sans aucune valeur, mais que je serais navré de perdre. Pourtant je ne suis pas un mendiant, et je vous récompenserai, jeune Sahib, vous et votre gouverneur, s'il veut me donner l'abri que je sollicite.

« Je n'avais plus assez de confiance en moi-même pour lui parler encore. Plus je regardais sa face grasse et effrayée, plus il me semblait dur de devoir le tuer de propos délibéré. Mieux valait en finir.

« — Emmenez-le à la garde centrale, dis-je.

« Les deux sikhs l'encadrèrent et le géant marcha derrière lui pour traverser le passage obscur. Jamais homme ne fut ainsi serré de près par la mort. Je restai à l'entrée avec la lanterne.

« Je pouvais entendre la cadence de leurs pas, sonnant le long des corridors. Soudain ce bruit cessa, j'entendis des voix, une lutte et des coups. Un instant après, je vis avec horreur accourir dans ma direction un homme haletant. Je tournai ma lanterne pour éclairer le passage. Le gros homme courait comme le vent, une traînée de sang à travers la figure. Bondissant sur ses talons comme un tigre, le sikh à la barbe noire tenait à la main un couteau luisant. Je n'ai jamais vu un homme courir aussi vite que le petit marchand. Il gagnait le sikh de vitesse, et je comprenais que, s'il me dépassait et atteignait l'extérieur, il pouvait se sauver. J'éprouvais quelque pitié pour lui mais, de nouveau, la pensée du trésor m'endurcit. Alors qu'il passait à côté de moi, je lui jetai mon fusil dans les jambes, et il boula deux fois sur lui-même comme un lapin qu'on a tiré. Avant qu'il se fût relevé, le sikh était sur lui et, à deux reprises, lui plongeait son couteau dans le flanc. L'homme ne poussa pas un gémissement, ne bougea pas, mais resta là où il était tombé. Je crois, quant à moi, qu'il peut s'être cassé le cou dans sa chute. Vous voyez, messieurs, que je tiens ma promesse. Je vous raconte l'affaire, toute l'affaire, comme elle s'est passée, que ce soit en ma faveur ou non.

Il s'arrêta, et tendit ses mains enchaînées vers le whisky à l'eau que Holmes lui avait préparé. Quant à moi, j'avoue que j'avais maintenant conçu la plus profonde horreur pour cet homme, non seulement à cause de cet horrible meurtre commis de sang-froid, mais plus encore peut-être en raison de la manière légère et insouciante dont il racontait tout cela. Quel que fût le châtiment qui l'attendait, je sentais qu'il ne pouvait compter sur aucune sympathie de ma part. Sherlock Holmes et Jones étaient assis, les mains sur les genoux, profondément intéressés par cette histoire, mais avec le même dégoût sur leurs visages. Peut-être le remarqua-t-il, car il y eut une manière de défi dans sa voix et dans ses manières quand il reprit :

— Tout cela était très mal, sans doute, mais je voudrais bien savoir combien d'individus, à ma place, auraient refusé cette part du butin, courant le risque d'être assassinés en récompense de leur honnêteté. En outre, c'était ma vie ou la sienne, dès l'instant qu'il était dans le fort. S'il en était sorti, toute l'affaire aurait été ébruitée et j'aurais été traduit en conseil de guerre, avec bien des chances d'être fusillé. On n'était pas très coulant en de telles circonstances.

— Continuez votre histoire, dit Holmes, sèchement.

— Alors Abdullah, Akbar et moi nous l'avons emporté. Il pesait bien lourd malgré qu'il fût si petit. Nous avions laissé Mahomet Singh pour garder la porte. Nous avons porté son corps à un endroit que les sikhs avaient préparé à l'avance. C'était à quelque distance de là, un corridor qui conduisait à une grande salle vide, dont les murs de briques tombaient en ruine. Le sol s'était effondré, formant une fosse naturelle, et nous avons laissé là Achmet le marchand après l'avoir recouvert de briques. Cela fait, nous sommes revenus au trésor.

« Il était encore où Achmet l'avait laissé tomber au moment de l'attaque. La boîte, c'était celle-là même qui est là sur votre table. Nous l'avons ouverte, et la lumière de la lanterne a éclairé une collection de pierres précieuses, comme celles auxquelles je rêvais quand, petit gamin, je lisais à Pershore des histoires merveilleuses. C'était un éblouissement de les regarder. Quand nos yeux s'en furent rassasiés, nous les avons toutes sorties et nous en avons dressé la liste. Il y avait cent quarante-trois diamants de la plus belle eau, dont un que l'on a appelé, je crois « Le Grand Mongol » et que l'on dit être la deuxième plus grosse pierre du monde. Puis il y avait quatre-vingt-dix-sept émeraudes et cent soixante-dix rubis, dont quelques-uns toutefois étaient très petits. Il y avait quarante escarboucles, deux cent soixante-dix saphirs, soixante et une agates, une grande quantité de béryls, d'onyx, d'œils-de-chat, de turquoises et d'autres gemmes dont, à ce moment-là, je ne savais pas le nom. Elles me sont devenues très familières depuis. Outre cela, il y avait presque trois cents perles très belles, dont douze étaient montées sur une couronne d'or. Soit dit en passant, ces dernières avaient été retirées de la boîte quand je l'ai retrouvée.

« Lorsque nous eûmes compté notre trésor, nous avons tout remis dans le coffret et nous l'avons porté à la porte pour le montrer à Mahomet Singh. Là, nous avons solennellement renouvelé notre serment de nous soutenir toujours et de garder notre secret. Il fut convenu de planquer notre trésor dans un endroit sûr jusqu'à ce que le pays soit redevenu calme, et de le partager équitablement. Cela ne servait à rien de le partager à ce moment-là car, si l'on avait trouvé en notre possession des pierres précieuses d'une telle valeur, on nous aurait soupçonnés. Aucune pièce n'était personnelle au fort, et il n'y avait pas un endroit où nous puissions les cacher. Nous avons donc porté la boîte dans la même salle où nous avions enterré le corps et là, sous certaines briques, dans la partie la mieux conservée d'un mur, nous avons fait un trou et nous y avons caché notre trésor. J'ai relevé exactement l'endroit et, le lendemain, j'ai dessiné quatre plans, un pour chacun de nous, et j'ai mis en bas Le Signe des Quatre, car nous avions juré d'agir chacun pour tous, de sorte qu'aucun de nous n'en pût tirer profit aux dépens des autres. C'est un serment auquel, je puis le jurer la main sur le cœur, je n'ai jamais manqué.

« Il est inutile, messieurs, que je vous dise ce qui advint de la mutinerie des Indes. Après que Wilson eut pris Delhi et que sir Colin eut secouru Lucknow, la rébellion fut brisée.

Des troupes fraîches affluèrent partout, et Nana Sahib ne se montra plus guère à la frontière. Une colonne volante, sous les ordres du colonel Greathead, gagna Agra et en chassa les Pandies. La paix paraissait revenir dans le pays et, tous les quatre, nous commencions à espérer que l'heure était proche où nous pourrions nous en aller, avec notre part de butin, en toute sécurité. En un instant, pourtant, nos espérances s'évanouirent. Nous fûmes arrêtés pour l'assassinat d'Achmet.

« Voici comment cela arriva. Quand le rajah avait remis les bijoux entre les mains d'Achmet, il l'avait fait parce qu'il le savait loyal serviteur, mais ces Orientaux sont méfiants. Que fit donc le rajah ? Il choisit un second serviteur, plus loyal encore que le premier, et le plaça comme espion de l'autre. Le second avait l'ordre de ne jamais perdre Achmet de vue et de le suivre comme son ombre. Il était derrière lui la nuit du crime, et il le vit franchir la porte. Naturellement, il pensait qu'il s'était réfugié dans le fort et, le lendemain, il demanda à son tour à y être admis, mais il ne put trouver trace d'Achmet. Cela lui sembla si bizarre qu'il en parla à un sergent des Guides, lequel porta le fait à la connaissance du commandant. Tout de suite, on fit des recherches sérieuses et on découvrit le cadavre. Ainsi, au moment même où nous pensions que tout était bien fini, nous fûmes tous les quatre appréhendés et mis en jugement, inculpés d'assassinat. Trois d'entre nous parce que nous étions de garde cette nuit-là, le quatrième parce qu'on savait qu'il avait été dans la société de la victime. Au procès, on ne dit pas un mot des bijoux, car le rajah avait été dépossédé et chassé de l'Inde, et personne n'était au courant de leur existence. L'assassinat, toutefois, fut clairement prouvé ; il était certain que nous y avions tous pris part. Les trois sikhs furent condamnés à la détention à perpétuité et je fus, moi, condamné à mort, mais ma peine fut ensuite commuée en détention à perpétuité.

« C'était une assez étrange position que celle où nous nous trouvions. Nous étions là tous les quatre, enchaînés par la cheville, ayant peu de chances de jamais nous en tirer, tandis que nous partagions un secret qui aurait mis chacun de nous dans un palais, si nous avions seulement pu en disposer. Il y avait de quoi se ronger le cœur d'être là à subir les coups de pied et de poing des sales petits subalternes, de n'avoir que du riz à manger, que de l'eau à boire, quand cette fortune fastueuse était là, à deux pas, attendant qu'on la ramasse. Il y avait de quoi devenir fou, mais j'ai toujours été pas mal entêté, je tenais bon et j'attendais mon heure.

« A la fin, il m'a semblé qu'elle était venue. On m'avait transféré d'Agra à Madras et de là à l'île Blair, aux Andaman. Il y a peu de bagnards blancs dans cette colonie et comme je m'étais bien conduit dès le début, je me suis bientôt trouvé en quelque sorte privilégié. On me donna une hutte à Hope Town, qui est un petit endroit sur les pentes du mont Harriet, et j'étais assez souvent tout seul. C'est une région lugubre, dévastée par les fièvres, entourée par une jungle infestée de sauvages cannibales toujours prêts à vous lancer une flèche empoisonnée, s'ils en trouvent l'occasion. Là on bêchait, on creusait, on plantait l'igname, on faisait vingt autres choses, de sorte que nous étions assez occupés toute la journée. Le soir, pourtant, nous avions un peu de temps à nous. Entre autres choses, j'ai appris à préparer des drogues pour le médecin-chirurgien, et j'ai acquis des bribes de science.

« J'étais tout le temps aux aguets, épiant une chance de m'évader. Mais c'est à des centaines de milles de toute autre terre, et il n'y a guère de vent, quand il y en a, dans ces mers-là. C'était donc une tâche bien difficile que de s'évader.

« Le docteur Somerton était un jeune homme actif, sportif, et les autres officiers le retrouvaient souvent, le soir, dans son appartement et jouaient aux cartes avec lui. Le laboratoire où je préparais mes drogues était contigu à son studio, avec une petite fenêtre qui communiquait. Souvent, quand je m'ennuyais, je baissais la lampe du laboratoire et, debout à la petite fenêtre, je les entendais parler et les regardais jouer. J'aime beaucoup jouer aux cartes, et regarder jouer les autres, c'était pour moi presque aussi bon que de jouer moi-même. Il y avait le commandant Sholto, le capitaine Morstan, et le lieutenant Browley Brown, qui commandaient les troupes indigènes, et il y avait aussi le chirurgien et deux ou trois autres fonctionnaires de la prison, de vieux routiers qui jouaient un jeu fin, rusé et prudent. Cela faisait une petite société très agréable.

« Il y avait une chose qui bien vite m'a frappé, c'était que les militaires perdaient toujours et que les civils gagnaient. Remarquez que je ne dis pas qu'il se passait quelque chose de malhonnête, non, mais c'était un fait. Ces gars de la prison, depuis le temps qu'ils étaient aux Andaman n'avaient guère fait autre chose que de jouer aux cartes et ils connaissaient à fond leurs façons réciproques de jouer, tandis que les officiers jouaient simplement pour passer le temps et jetaient leurs cartes un peu au hasard. Soir après soir, les officiers se retiraient du jeu un peu plus pauvres et, plus pauvres ils étaient, plus ils étaient avides de jouer. Le commandant Sholto, surtout, était en perte. Il payait d'abord en billets et en or, mais bientôt il fit des reconnaissances pour de fortes sommes. Parfois il gagnait un peu, juste ce qu'il fallait pour le remonter, lui redonner courage, et de nouveau la chance tournait contre lui, pire que jamais. Toute la journée il errait çà et là, aussi sombre qu'un ciel d'orage, et il se mit à boire beaucoup plus qu'il n'aurait dû.

« Un soir, ses pertes furent plus lourdes encore que d'habitude. J'étais assis dans ma hutte quand, en compagnie du capitaine Morstan, il passa en titubant, regagnant sa chambre. Ils étaient intimes, ne se quittant presque jamais. Le commandant était furieux de toutes ses pertes.

« — C'en est fait, Morstan, disait-il. Il faudra que j'envoie ma démission. Je suis un homme ruiné.

« — Des bêtises, mon vieux ! disait l'autre, en lui tapant sur l'épaule, j'ai eu, moi aussi, une fichue déveine, mais de là à...

« Ce fut tout ce que j'entendis, mais cela suffisait à me donner à penser.

« Quelques jours après, le commandant Sholto se promenait sur la plage, et je saisis l'occasion pour lui parler.

« — Je voudrais avoir votre avis, commandant.

« — Eh bien, Small, qu'est-ce que c'est ? demanda-t-il en enlevant son cigare de sa bouche.

« — Je voulais vous demander quelle est la personne à laquelle on devrait remettre un trésor caché. Je sais où il y en a un qui vaut au moins un demi-million de livres, et je n'en peux rien faire moi-même. J'ai pensé que peut-être ce que j'aurais de mieux à faire, ce serait de le remettre aux autorités, et alors peut-être qu'on réduirait ma peine.

« — Un demi-million de livres, Small ?

« Il respirait avec peine et me dévisageait pour voir si j'étais sérieux.

« — Oui, c'est bien cela. En bijoux et en perles ! Il est là pour qui veut le prendre. Le plus curieux de l'affaire c'est que le vrai possesseur est un hors-la-loi, qui n'a le droit de rien posséder, de sorte qu'il appartiendrait au premier venu.

« — Au gouvernement, Small, balbutia-t-il, au gouvernement. Mais il le disait en hésitant, et je savais que je le tenais.

« — Vous croyez alors, monsieur, que je devrais en informer le gouverneur général ? dis-je, très calme.

« — Eh bien ! Eh bien ! Il ne faut pas agir trop vite, tu pourrais t'en repentir. Parle un peu, expose-moi les faits.

« Je lui ai raconté toute l'histoire, en changeant quelques détails, afin qu'il ne puisse repérer les lieux. Quand j'ai eu fini, il est resté immobile, à réfléchir. Je voyais au tremblement de sa lèvre qu'il était en proie à une violente lutte intérieure.

« — C'est une affaire très importante, Small, dit-il enfin. Il ne faut en souffler mot à personne. Je te reverrai bientôt.

« Deux nuits après, le commandant Sholto et son ami le capitaine Morstan sont venus à ma hutte au beau milieu de la nuit, avec une lanterne.

« — Je désire que le capitaine Morstan entende ton histoire, Small, de ta proche bouche, dit-il.

« J'ai répété l'histoire exactement comme la fois précédente.

« — Ça a l'air vrai, hein ? dit-il. Ça vaut la peine de s'en occuper ?

« Le capitaine fit un signe affirmatif.

« — Ecoute, Small, dit le commandant. Nous en avons discuté, mon ami et moi, et nous sommes arrivés à la conclusion que ton secret ne regarde guère le gouvernement. Après tout, c'est une affaire privée qui n'intéresse que toi et dont, naturellement, tu peux disposer comme il te semble à propos. Nous serions disposés à nous en charger, tout au moins à l'étudier, si nous pouvons nous entendre sur les conditions.

« Il essayait de parler d'un ton calme, dégagé, mais ses yeux brillaient d'excitation et de convoitise.

« — Quant à ça, messieurs, répondis-je en m'efforçant au calme, un homme dans ma situation ne peut que proposer un marché. J'aurais besoin de votre aide pour recouvrer ma liberté et aider mes compagnons à recouvrer la leur. Nous vous associerions alors à nous, et nous vous donnerions un cinquième du trésor à partager entre vous deux.

«— Hem ! Un cinquième, ce n'est pas très tentant.

«— Ça vous ferait cinquante mille livres chacun !

«— Mais comment pourrions-nous vous faire recouvrer votre liberté ! Tu sais bien que tu demandes là une chose impossible.

«— Pas du tout ! J'ai pensé à tout, jusqu'au moindre détail. Le seul obstacle à notre évasion, c'est que nous n'avons pas de bateau pour faire le voyage et pas de provisions pour tenir assez longtemps. Il ne manque pas, à Calcutta ou à Madras, de petits yachts ni d'yoles de mer qui feraient notre affaire. Amenez-en un. Nous conviendrions de partir la nuit et, si vous nous déposez quelque part sur la côte de l'océan Indien, vous aurez rempli votre part du marché.

«— S'il n'y avait qu'un seul homme…

«— Personne ou tout le monde. Nous l'avons juré, nous devons toujours agir tous les quatre ensemble.

«— Vous le voyez, Morstan, Small est un homme de parole. Il ne lâche pas ses amis. Je crois que nous pouvons nous fier à lui.

«— C'est une sale affaire. Pourtant, comme vous le dites, l'argent nous tirerait bien d'embarras !

«— Eh bien, Small, nous devons essayer de nous entendre. Il faut tout d'abord, naturellement, contrôler la véracité de ton histoire. Dis-moi où est cachée la boîte, j'obtiendrai un congé, je retournerai aux Indes avec le bateau de secours qui vient tous les mois et je m'informerai.

«— Pas si vite ! dis-je avec d'autant plus de calme qu'il s'échauffait davantage. Il me faut le consentement de mes trois camarades. Je l'ai dit : tous les quatre, ou personne !

«— Des bêtises ! Qu'est-ce que ces trois Noirs ont à faire avec notre convention ?

«— Noirs ou bleus, ils sont avec moi, et nous marchons tous ensemble.

« L'affaire se termina par une seconde rencontre, à laquelle étaient présents Mahomet Singh, Abdullah Khan et Dost Akbar. On discuta ferme, et à la fin on tomba d'accord. Nous devions donner aux deux officiers des cartes de cette partie du fort d'Agra et indiquer l'endroit du mur où le trésor était caché. Le commandant Sholto se rendrait aux

Indes pour vérifier le bien-fondé de notre histoire. S'il trouvait la boîte, il devait la laisser, envoyer, avec des provisions pour le voyage un petit yacht qui stationnerait en face de l'île et que nous gagnerions, puis le commandant reviendrait à son poste. Le capitaine Morstan demanderait alors un congé pour nous rejoindre à Agra, où nous nous partagerions enfin le trésor, le capitaine prenant en même temps que sa part celle du commandant. Tout cela fut scellé par le serment le plus solennel que l'esprit pût imaginer, que les lèvres pussent proférer. Toute la nuit, muni de papier et d'encre, j'ai veillé. Quand le matin est venu, mes deux cartes étaient prêtes, signées du Signe des Quatre, c'est-à-dire d'Abdullah, Akbar, Mahomet et moi-même.

« Mais, messieurs, je vous fatigue avec ma longue histoire, et je sais que mon ami, monsieur Jones, est impatient de me voir en sûreté dans une cellule. Je veux être aussi bref que possible. Cette canaille de Sholto s'en alla aux Indes, mais il ne revint jamais. Le capitaine Morstan me montra son nom, très peu de temps après, sur la liste des passagers d'un grand courrier rentrant en Angleterre ; son oncle était mort, en lui laissant une fortune, il avait quitté l'armée, et malgré cela, il pouvait s'abaisser à traiter cinq pauvres diables comme il nous avait traités. Le capitaine Morstan alla à Agra quelque temps après et découvrit, comme nous nous y attendions, que le trésor avait disparu. La canaille ! Il l'avait volé, sans remplir une seule des conditions auxquelles nous lui avions vendu le secret. A partir de ce jour-là, je n'ai vécu que pour me venger. J'y pensais le jour et la nuit. C'était une obsession dévorante, une hantise pour moi. Je ne me souciais ni de la loi ni des galères. M'évader, retrouver la piste de Sholto, l'empoigner à la gorge, c'était mon unique pensée. Le trésor d'Agra lui-même était dans mon esprit une chose sans importance comparée à l'assassinat de Sholto.

« Il y a eu dans ma vie bien des choses que j'ai projetées, et pas une seule que je n'aie accomplie. Mais il se passa de lugubres années avant que mon heure ne fût arrivée. Je vous ai dit que j'avais appris un peu de médecine. Un jour que le docteur était abattu par la fièvre, une bande de bagnards recueillit dans les bois un petit indigène. Il était très malade et s'était retiré dans un endroit solitaire pour mourir. Je m'en suis chargé, bien qu'il fût aussi venimeux qu'un jeune serpent, et en quelques mois je le remis sur pied. Il s'était attaché à moi et ne tenait pas à retourner dans les bois. On le trouvait toujours errant aux alentours de ma hutte. J'appris alors un peu de son jargon, et son attachement grandit chaque jour.

« Touga, c'était son nom, était un fin batelier et possédait en propre un canoë spacieux. Quand je compris qu'il m'était dévoué et qu'il ferait tout pour moi, je vis ma chance d'évasion. J'en parlai avec lui. Il devait, une certaine nuit, amener son bateau auprès d'un vieux quai qu'on ne surveillait jamais et où il me prendrait. Je lui donnai des ordres pour qu'il apportât plusieurs gourdes d'eau, une quantité d'ignames, des noix de coco et des patates douces.

« Il était fort et loyal, le petit Touga. Personne n'a jamais eu un compagnon aussi fidèle. La nuit convenue, il amena son bateau au quai. Il se trouva, pourtant, qu'il y avait là un garde, un dégoûtant Palhan, qui n'avait jamais raté l'occasion de m'insulter et de me malmener. J'avais toujours juré de me venger, et j'avais ma chance cette nuit-là. On eût dit que le sort l'avait mis sur mon chemin afin que je pusse payer ma dette avant de quitter l'île. Il était debout, me tournant le dos, son fusil sur l'épaule. J'ai cherché près de moi une pierre pour lui défoncer le crâne, mais je n'en ai pas trouvé.

« Une bizarre idée me vint à l'esprit et me montra comment je pouvais mettre la main sur une arme. Je me suis assis dans l'obscurité et j'ai défait les courroies de ma jambe de bois. En trois sauts, j'étais sur lui. Il a épaulé son fusil, mais j'ai frappé de toutes mes forces et tout son front fut défoncé. Vous pouvez voir l'éclat dans le bois du pilon là où je l'ai frappé. Nous avons roulé tous les deux par terre, je ne pouvais pas rester en équilibre, mais quand je me suis relevé, j'ai vu qu'il était bien tranquille… Je me suis dirigé vers le bateau, et, une heure après, nous étions au large. Touga avait apporté tout ce qu'il possédait au monde, ses armes et ses dieux. Entre autres choses, il avait une longue lance en bambou et des nattes dont j'ai fait une espèce de voile. Pendant dix jours, nous avons bourlingué, nous fiant à la chance, et le onzième jour nous avons été recueillis par un vaisseau marchand qui allait de Singapour à Jiddah avec une cargaison de pèlerins malais. C'était une foule bizarre, et Touga et moi nous nous sommes arrangés pour nous installer parmi eux. Ils avaient une très grande qualité : ils ne s'occupaient pas de nous et ne posaient pas de questions.

« Si je vous racontais toutes nos aventures, vous ne me diriez pas merci, parce que je vous tiendrais là jusqu'au jour. Nous avons roulé par le monde, car il y avait toujours quelque chose qui survenait pour nous tenir loin de Londres. Pendant tout ce temps, pourtant, je ne perdais jamais mon but de vue. Je rêvais de Sholto la nuit. Cent fois, je l'ai tué dans mon sommeil. A la fin, pourtant, il y a trois ou quatre ans, nous nous sommes retrouvés en Angleterre. Je n'ai pas eu grand-peine à découvrir où il vivait, et je me suis mis à l'œuvre pour savoir s'il avait vendu le trésor ou s'il le détenait encore. J'ai lié amitié avec des gens qui pouvaient m'aider, je ne nomme personne car je ne veux mettre personne dans le pétrin, et j'ai vite appris qu'il avait toujours les bijoux. J'ai tenté alors d'arriver jusqu'à lui, mais il était assez rusé, et il avait toujours près de lui deux anciens boxeurs, sans compter son serviteur hindou, qui veillaient sur lui.

« Un jour, pourtant, on m'apprit qu'il était mourant. Je me suis alors hâté de courir dans le jardin, fou de rage à la pensée qu'il allait ainsi échapper à mes griffes. Regardant par la fenêtre, je l'ai vu couché, ses fils de chaque côté du lit. Je serais entré et j'aurais risqué ma chance contre eux trois mais, j'ai remarqué que sa mâchoire s'est abaissée et j'ai vu qu'il était mort. Je suis entré dans la chambre cette nuit-là, pourtant, et j'ai fouillé ses papiers pour voir s'il y avait une note quelconque sur l'endroit où il avait caché nos bijoux. Pas une ligne ! Et je m'en suis allé, furieux autant qu'on peut l'être. Avant de sortir, je me suis avisé que si jamais je rencontrais mes amis les sikhs, ce serait pour eux une satisfaction de savoir que j'avais laissé une marque de notre haine. J'ai donc griffonné Le Signe des Quatre, comme on l'avait mis sur la carte, et je l'ai épinglé sur sa poitrine. Il eût été trop fort qu'on le mît au tombeau sans qu'il portât la marque des hommes qu'il avait dépouillés et trompés.

« En ce temps-là, nous avons gagné notre vie en exhibant le pauvre Touga comme nègre cannibale dans les foires et autres endroits de ce genre. Il mangeait de la viande crue et dansait sa danse de guerre, de sorte que nous avions toujours une pleine poche de gros sous, notre travail fini. J'avais toujours des nouvelles de Pondichery Lodge, et pendant ces quelques années il n'y eut rien à apprendre si ce n'est qu'ils cherchaient le trésor. A la fin, pourtant, est venue la nouvelle si longtemps attendue. On avait trouvé le trésor. Il était sous le toit de la maison, dans le laboratoire de chimie de monsieur Barthélemy Sholto. Je suis arrivé tout de suite, j'ai examiné l'endroit, mais je ne pouvais voir comment, avec ma jambe de bois, je monterais là-haut. On m'indiqua une trappe dans le toit, et aussi l'heure du souper de monsieur Sholto. Il me parut possible, grâce à Touga, d'arranger cela facilement. Je l'ai amené avec moi, une longue corde roulée autour de sa ceinture. Il grimpait comme un chat et il ne lui fallut pas beaucoup de temps pour arriver au toit, mais, malheureusement pour lui, Barthélemy Sholto était encore dans la chambre. Touga pensait qu'il avait fait quelque chose de très fort en le tuant car, quand j'eus grimpé dans la chambre, à l'aide de la corde, je l'ai trouvé là, aussi orgueilleux qu'un paon. Il fut bien surpris quand je le frappai avec le bout de la corde, en jurant et en le traitant de diable sanguinaire. J'ai pris le coffret, je l'ai descendu et j'ai glissé moi-même ensuite tout le long de la corde, ayant toutefois, au préalable, laissé sur la table Le Signe des Quatre, pour montrer que les bijoux étaient enfin revenus à ceux qui y avaient droit. Touga alors remonta la corde et partit par où il était venu.

« Je ne crois pas avoir rien d'autre à ajouter. J'avais entendu un marinier parler de la vitesse de la chaloupe de Smith, j'ai alors pensé que ce serait le bateau qu'il nous fallait pour fuir. Je l'ai engagé avec le vieux Smith et je devais lui donner une belle somme s'il nous amenait, sans accroc, à notre vaisseau. Il savait, sans doute, que tout n'était pas très catholique, mais il ne connaissait rien de nos secrets. Tout cela, messieurs, c'est la vérité, et si je vous le dis ce n'est pas pour vous amuser — car vous ne m'avez pas rendu un très grand service — mais c'est parce que je crois que la meilleure défense que je puisse présenter, c'est justement de ne rien cacher, mais de faire connaître à tout le monde comment j'ai été moi-même maltraité par le commandant Sholto, et à quel point je suis innocent de la mort de son fils.

— C'est un récit remarquable, dit Sherlock Holmes, la

conclusion qui convient à un cas extrêmement intéressant. Il n'y a pour moi rien de neuf dans la dernière partie de votre récit, sauf que vous avez apporté votre corde. Cela, je ne le savais pas. A propos, j'avais espéré que Touga avait perdu toutes ses flèches, il a cependant trouvé le moyen de nous en décocher une dans le bateau.

— Il les avait toutes perdues, à l'exception de celle qui se trouvait dans son tube à ce moment-là.

— Tiens, bien sûr ! Je n'y avais pas pensé !

— Y a-t-il un autre point qui pourrait vous intéresser ? demanda aimablement le bagnard.

— Je crois que non, je vous remercie.

— Eh bien ! Holmes, dit Jones, vous êtes un homme qu'il ne faut pas contrarier, et nous savons tous que vous êtes un connaisseur en fait de crimes. Mais le devoir est le devoir, et j'ai déjà été assez loin en consentant à ce que vous et votre ami m'avez demandé. Je me sentirai plus à l'aise quand nous aurons notre conteur d'histoires sous les verrous, en sûreté. La voiture attend toujours, avec deux inspecteurs, en bas. Je vous suis fort obligé à tous les deux pour votre assistance. Naturellement, on aura besoin de vous au procès. Bonne nuit !

— Bonne nuit, messieurs, dit Small.

— Passez le premier, Small, remarqua le prudent Jones en quittant la pièce. Je tiens à prendre grand soin que vous ne me fassiez avec votre jambe de bois le coup que vous avez fait à cet homme des îles Andaman.

— Et voilà la fin de notre petit drame, dis-je, après être resté quelque temps à fumer en silence. J'ai bien peur que ce ne soit la dernière enquête dans laquelle j'aurai eu la chance d'étudier vos méthodes. Mademoiselle Morstan m'a fait l'honneur de m'accepter comme son futur mari.

Il fit entendre un horrible grognement.

— C'est ce que je craignais. Je ne peux vraiment pas vous féliciter.

Je me sentis un peu offensé.

— Avez-vous une raison d'être mécontent de mon choix ? demandai-je.

— Pas du tout. Je crois que c'est une des plus charmantes femmes que j'aie rencontrées, et elle aurait pu être très utile dans un travail du genre de celui que nous avons effectué. Elle a pour cela une sorte de vocation manquée : voyez comme, parmi tous les papiers de son père, elle a conservé ce plan d'Agra. Mais l'amour est un élément d'émotion, et tout ce qui est émotif est contraire à la froide raison que je place au-dessus de tout. Je ne me marierai jamais, de peur de fausser mon jugement.

— J'estime, dis-je en riant, que mon jugement survivra à l'épreuve. Mais vous avez l'air fatigué.

— Oui, c'est déjà la réaction. Je vais être mou comme un chiffon pendant une semaine.

— Il est étrange comme des périodes de ce que chez un autre j'appellerais paresse, alternent chez vous avec des crises de vigueur et d'énergie magnifiques.

— Oui, il y a en moi de quoi faire un bel oisif et un être plein d'énergie. Je pense souvent aux vers de Goethe : « Quelle pitié que la nature n'ait fait de toi qu'un seul homme, alors que tu possédais l'étoffe d'un homme respectable et d'un coquin. »

« A propos de cette affaire de Norwood, vous voyez qu'ils avaient, comme je le conjecturais, un complice dans la maison. Ce ne pouvait être que Lal Rao, le maître d'hôtel. Ainsi Jones a bel et bien sans partage l'honneur d'avoir pris un poisson dans son grand filet.

— Le partage ne me semble pas juste. Vous avez tout fait dans cette affaire. J'y trouve une épouse, Jones en tire tout l'honneur, mais vous, que vous reste-t-il donc ?

— Pour moi, dit Sherlock Holmes, il me reste toujours mon flacon de cocaïne, et il étendit pour le prendre, sa longue main blanche.

POLICIERS

John Buchan
Les 39 marches - n°96

Leslie Charteris
Le Saint
- Le Saint entre en scène - n°141
- Le policier fantôme - n°158
- En petites coupures - n°174
- Impôt sur le crime - n°195
- Par ici la monnaie ! - n°231

Arthur Conan Doyle
Sherlock Holmes
- La bande mouchetée - n°5
- Le rituel des Musgrave - n°34
- La cycliste solitaire - n°51
- Une étude en rouge - n°69
- Les six Napoléons - n°84
- Le chien des Baskerville - n°119
- Un scandale en Bohême - n°138
- Le signe des Quatre - n°162
- Le diadème de Béryls - n°202
- Le problème final - n°229

Ellery Queen
Le char de Phaéton - n°16
La course au trésor - n°80
La mort de Don Juan - n°228

Jean Ray
Harry Dickson
- Le châtiment des Foyle - n°38
- Les étoiles de la mort - n°56
- Le fauteuil 27 - n°72
- La terrible nuit du zoo - n°89
- Le temple de fer - n°115
- Le lit du diable - n°133
- L'étrange lueur verte - n°154
- La bande de l'Araignée - n°170
- Les Illustres Fils du Zodiaque - n°190
- L'île de la terreur - n°230

LIBRIO NOIR

Bill Ballinger
Version originale - n°244

James M. Cain
Le bébé dans le frigidaire - n°238

Didier Daeninckx
Main courante - n°161
Le Poulpe/Nazis dans le métro - n°222
Les figurants - n°243

Pascal Dessaint
Le Poulpe/Les pis rennais - n°258 (*janv. 99*)

Jean-Claude Izzo
Vivre fatigue - n°208

Thierry Jonquet
Le pauvre nouveau est arrivé ! - n°223

Daniel Picouly
Tête de nègre - n°209

Jean-Bernard Pouy
Le Poulpe/La petite écuyère a cafté - n°206

Patrick Raynal
Le Poulpe/Arrêtez le carrelage - n°207

Jean-Jacques Reboux
Le Poulpe/La cerise sur le gâteux - n°237

François Thomazeau
Les aventures de Schram et Guigou/
Qui a tué M. Cul ? - n°259 (*janv. 99*)

FANTASTIQUE - S.-F.

Isaac Asimov
La pierre parlante - n°129

Ray Bradbury
Celui qui attend - n°59

Jacques Cazotte
Le diable amoureux - n°20

Cent ans de Dracula (Les)
8 histoires de vampires - n°160

Arthur C. Clarke
Les neuf milliards de noms de Dieu - n°145

Contes fantastiques de Noël
Anthologie - n°197

Philip K. Dick
Les braconniers du cosmos - n°211

Dimension fantastique (La)
13 nouvelles fantastiques - n°150

Dimension fantastique 2 (La)
6 nouvelles fantastiques - n°234

Alexandre Dumas
La femme au collier
de velours - n°58

Erckmann-Chatrian
Hugues-le-Loup - n°192

Claude Farrère
La maison des hommes vivants - n°92

Stephen King
Le singe - n°4
La ballade de la balle élastique - n°46
La ligne verte
- Deux petites filles mortes - n°100
- Mister Jingles - n°101
- Les mains de Caffey - n°102
- La mort affreuse d'Edouard Delacroix - n°103
- L'équipée nocturne - n°104
- Caffey sur la ligne - n°105
Danse macabre - 1 - n°193
Danse macabre - 2 - n°214
Danse macabre - 3 - n°233
Danse macabre - 4 - n°249 (*nov. 98*)

William Gibson
Fragments de rose en hologramme - n° 215

Howard P. Lovecraft
Les Autres Dieux - n°68
La quête onirique de Kadath l'inconnue - n°188

Arthur Machen
Le grand dieu Pan - n°64

Clifford D. Simak
Honorable adversaire - n°246

Dan Simmons
Le conseiller - n°260 (*janv. 99*)

Bram Stoker
L'enterrement des rats - n°125

EXTRAIT DU CATALOGUE LIBRIO

CLASSIQUES

Affaire Dreyfus (L')
J'accuse et autres documents - n°201

Alphonse Allais
L'affaire Blaireau - n°43
A l'œil - n°50

Honoré de Balzac
Le colonel Chabert - n°28
Melmoth réconcilié - n°168
Ferragus, chef des Dévorants - n°226

Jules Barbey d'Aurevilly
Le bonheur dans le crime - n°196

Charles Baudelaire
Les Fleurs du Mal - n°48
Le Spleen de Paris - n°179
Les paradis artificiels - n°212

Beaumarchais
Le barbier de Séville - n°139

Georges Bernanos
Un mauvais rêve - n°247

Bernardin de Saint-Pierre
Paul et Virginie - n°65

Pedro Calderón de la Barca
La vie est un songe - n°130

Giacomo Casanova
Plaisirs de bouche - n°220

Corneille
Le Cid - n°21

Alphonse Daudet
Lettres de mon moulin - n°12
Sapho - n°86
Tartarin de Tarascon - n°164

Charles Dickens
Un chant de Noël - n°146

Denis Diderot
Le neveu de Rameau - n°61

Fiodor Dostoïevski
L'éternel mari - n°112
Le joueur - n°155

Gustave Flaubert
Trois contes - n°45
Dictionnaire des idées reçues - n°175

Anatole France
Le livre de mon ami - n°121

Théophile Gautier
Le roman de la momie - n°81
La morte amoureuse - n°263 (*janvier 99*)

Genèse (La) - n°90

Goethe
Faust - n°82

Nicolas Gogol
Le journal d'un fou - n°120
La nuit de Noël - n°252 (*nov. 98*)

Grimm
Blanche-Neige - n°248

Victor Hugo
Le dernier jour d'un condamné - n°70

Henry James
Une vie à Londres - n°159
Le tour d'écrou - n°200

Franz Kafka
La métamorphose - n°3

Eugène Labiche
Le voyage de Monsieur Perrichon - n°270 (*février 99*)

Madame de La Fayette
La Princesse de Clèves - n°57

Jean de La Fontaine
Le lièvre et la tortue et autres fables - n°131

Alphonse de Lamartine
Graziella - n°143

Gaston Leroux
Le fauteuil hanté - n°126

Longus
Daphnis et Chloé - n°49

Pierre Louÿs
La Femme et le Pantin - n°40
Manuel de civilité - n°255 (*nov. 98*)
(*Pour lecteurs avertis*)

Nicolas Machiavel
Le Prince - n°163

Stéphane Mallarmé
Poésie - n°135

Guy de Maupassant
Le Horla - n°1
Boule de Suif - n°27
Une partie de campagne - n°29
La maison Tellier - n°44
Une vie - n°109
Pierre et Jean - n°151
La petite Roque - n°217

Karl Marx, Friedrich Engels
Manifeste du parti communiste - n°210

Prosper Mérimée
Carmen - n°13
Mateo Falcone - n°98

Colomba - n°167
La vénus d'Ille - n°236

Les Mille et Une Nuits
Histoire de Sindbad
le Marin - n°147
Aladdin ou la lampe merveilleuse - n°191

Mirabeau
L'éducation de Laure - n°256 (*nov. 98*)
(*Pour lecteurs avertis*)

Molière
Dom Juan - n°14
Les fourberies de Scapin - n°181
Le bourgeois gentilhomme - n°235

Alfred de Musset
Les caprices de Marianne - n°39

Gérard de Nerval
Aurélia - n°23
Ovide
L'art d'aimer - n°11

Charles Perrault
Contes de ma mère l'Oye - n°32

Platon
Le banquet - n°76

Edgar Allan Poe
Double assassinat dans la rue Morgue - n°26
Le scarabée d'or - n°93
Le chat noir - n°213

Alexandre Pouchkine
La fille du capitaine - n°24
La dame de pique - n°74

Abbé Prévost
Manon Lescaut - n°94

Raymond Radiguet
Le diable au corps - n°8
Le bal du comte d'Orgel - n°156

Jules Renard
Poil de Carotte - n°25
Histoires naturelles - n°134

Arthur Rimbaud
Le bateau ivre - n°18

Edmond Rostand
Cyrano de Bergerac - n°116

Marquis de Sade
Le président mystifié - n°97
Les infortunes de la vertu - n°172

George Sand
La mare au diable - n°78
La petite Fadette - n°205

William Shakespeare
Roméo et Juliette - n°9
Hamlet - n°54
Othello - n°108
Macbeth - n°178

Sophocle
Œdipe roi - n°30

Stendhal
L'abbesse de Castro - n°117
Le coffre et le revenant - n°221

Robert Louis Stevenson
Olalla des Montagnes - n°73
Le cas étrange du
Dr Jekyll et de M. Hyde - n°113

Anton Tchekhov
La dame au petit chien - n°142
La salle n°6 - n°189

Léon Tolstoï
Hadji Mourad - n°85

Ivan Tourgueniev
Premier amour - n°17

Mark Twain
Trois mille ans chez les microbes - n°176

Vâtsyâyana
Kâma Sûtra - n°152

Bernard Vargaftig
La poésie des Romantiques - n°262
(*janvier 99*)

Paul Verlaine
Poèmes saturniens *suivi de*
Fêtes galantes - n°62
Romances sans paroles - n°187
Poèmes érotiques - n° 257 (*nov. 98*)
(*Pour lecteurs avertis*)

Jules Verne
Les cinq cents millions de la Bégum - n°52
Les forceurs de blocus - n°66
Le château des Carpathes - n°171
Les Indes noires - n°227

Voltaire
Candide - n°31
Zadig ou la Destinée - n°77
L'ingénu - n°180

Emile Zola
La mort d'Olivier Bécaille - n°42
Naïs - n°127
L'attaque du moulin - n°182

Librio

162

Achevé d'imprimer en Europe
à Pössneck (Thuringe, Allemagne)
en juillet 2002 pour le compte de EJL
84, rue de Grenelle, 75007 Paris
Dépôt légal juillet 2002
1er dépôt légal dans la collection : mars 1997

Diffusion France et étranger : Flammarion